プラチナ文庫

Platinum Label

箱入り息子《バージン》は
悪い男を誑かす

小中大豆

"Virgin wa Warui Otoko wo Taburakasu"
presented by Daizu Konaka

プランタン出版

目次

※本作品の内容はすべてフィクションです。

一

夜の七時というのは、盛り場にはちょっと早すぎる時間だと思う。何しろせっかくの週末、洒落《しゃれ》たバーに来てみても、客が一人もいないからだ。

「ねえミチル。せめて八時からにしない？　七時スタートで九時終わりなんて、早すぎるよ」

安里総《あさとそう》はモツ煮込みを肴《さかな》にウーロン茶を飲みながら、文句をたれる。カウンターの向こうで洗い物をしていた男が、じろっと総を睨《にら》んだ。

「だめ。九時まではいさせてあげてるんだから、文句言うんじゃないの。だいたいあんた、ちゃんと大学行ってるんでしょうね？　うちに出入りしてるせいで成績が下がったりしたら、あたしが姉さんに怒られるんですからね」

「わかってるよ。ちゃんと行ってるって」

即座に小言が返ってきて、総はこの話を続けるのを諦《あきら》めた。

ミチルこと日向満《ひゅうがみちる》は、十四歳離れた総の叔父《おじ》だ。明るい目の色と栗色のくせっ毛は天然で、三十四歳なんて普通はオッサンなのに、若くてふわっとしていて、色白の美人だ。

地黒で目も眉《まゆ》もくっきりして、いまだにやんちゃ坊主と形容される総とは、まったく似ていない。昔から、姉である総の母よりよっぽど女子力が高く、母子家庭で忙しい母にかわって、家事をして総の面倒をよく見てくれた。

総がミチルと同じ同性愛者だと打ち明けてからは、相談にも乗ってくれる。頭が上がらない相手だけれど、そろそろ二十歳《はたち》になる身としては、この過保護な状況はどうにかならないものかと思う。

JR山手線の駅から徒歩五分、狭小ビルの三階にある『ヴェロッサ』はゲイバーだ。入り口に小さく、『会員制』というプレートが掛かっていて、女性客はお断り。

カウンター席だけの狭い店だが、天井とインテリアとの空間が大きく空いていて、狭さを感じさせない。あらゆる種類の酒が棚にずらりと並び、内装はさほど凝っているようには見えないが、不思議と安っぽさがない。ミチルは「オーナーの趣味よ」と言っていた。

儲《もう》かっているのかいないのかわからないこの店で、ミチルは二年前から週に三日ほどアルバイトをしている。

彼の本業はイラストレーターだ。ずっと家にこもって仕事をしているので、社会と関《かか》わるため、気晴らしのためのバイトなのだそうだ。

去年、無事に大学進学を果たした総が、「大学デビューしたい」と相談したところ、自分のバイト先なら来てもいいと言われた。

二十歳の誕生日までアルコールは絶対になし。総は早生まれで一月が誕生日なので、解禁日まであと八カ月もある。先は長い。

時間も七時から九時までと決まっている。九時を過ぎたらすぐに追い出される。店に客が入り始めるのは八時を過ぎてからなので、いつも盛り上がる頃に帰らなくてはいけない。それが不満だった。

「あーあ。せっかくの金曜日なのにな。俺、二年になったらもっと自由になると思って、金曜日の夜は授業を入れなかったのに」

ぐずぐずと往生際悪くぼやいていると、ミチルは冷蔵庫からウーロン茶の二リットルボトルを出して、総のグラスに注いだ。客がいる時にはこんなことはしない。ペットボトルすら見せないが、今は二人きりなので雑だ。

「親のすね齧《かじ》ってる学生がなに言ってんの。しかも、そんな理由で授業を選ぶなんて」

「取りたい授業がなかったんだよ」

やぶへびだった。さらに小言が続くのを覚悟した時、店のドアが開いたので総は助かった、と口の中で呟《つぶや》いた。

「いらっしゃいませー。なんだ、フジちゃんじゃないの」

間延びした、いかにもオネエっぽいトーンで呼びかけてから、ミチルは入ってきた客を見てわざと白けた顔をしてみせる。

客もまた、「なんだとは何よ」と応じた。常連客の一人だ。見た目はお洒落な眼鏡《めがね》のサラリーマンだが、ここに来ると素のオネエに戻るのだという。

「総君は今日もウーロン茶？　僕もモツ煮をもらおうかしら」

言いながら、総の隣に座る。フジにミチルの過保護について愚痴を言おうとした時、再び店のドアが開いて客が入ってきた。

やはり顔馴染《なじ》みの常連だったが、今度は三人が数珠つなぎになっている。さらに、彼らが席につくとすぐにまた数人の常連客がやってきて、店内はあっという間に満席になった。

「今日はみんな、早くから珍しいじゃない。何かあるの？」

手早く全員におしぼりを出しながら、ミチルも驚いている。頼んだビールを飲みながら、フジが「知らないの？」と逆に聞き返した。

「今日、オーナーが早い時間に来るって言うから、みんな急いで来たんじゃない」

「そうなの？　やあね、オーナーったら。一昨日《おととい》会った時は、何も言ってなかったわよ」

「昨日、マドカのシフトの時に来てそんなこと言ってたんですって。アキラ君からラインが回ってきたんだけど」

ブツブツ文句を言うミチルに、誰《だれ》かが応じる。総はカウンターの隅でそうした会話を聞きながら、密《ひそ》かに気持ちが浮き立つのを感じていた。

常連たちの目当てはこの『ヴェロッサ』のオーナーだ。たまにふらっと顔を出し、バーテンダーとしてカウンターに立つ。時間も曜日も決まっておらず、たいていは夜の遅い時間に現れた。だからこの店に通い始めて一年近く経つ総も、オーナーと会ったのは数えるほどしかない。

オーナーはまだ三十そこそこで、かなりの男前なので、客がこぞって押しかけるのも無理はない。総もちらりと姿を見たことがある程度だが、美形なのに少し崩れた感じがして、密かにちょっと憧《あこが》れていた。

「昨日はマドカのシフトだからじゃない？　あの二人、付き合ってるんじゃないかと思うんだけど。マドカなんて、昨日もお客そっちのけでオーナーにべったりだったし」

「あら、それはいつものことでしょ。マドカはオーナー目当ての押しかけバイトだもの。それにオーナー、都庁職員と付き合ってるんじゃなかった？」

「いつの情報よ。もうとっくに別れたわよ」

いつものことだが、ここの常連客はある程度の人数が集まると、途端にクラッカーが弾《はじ》けたように喋《しゃべ》り始める。総はオネエ様方の喋る速度についていけず、時々あいづちを打つのがせいぜいだ。

ウーロン茶のグラスを傾けながらミチルを窺《うかが》う。案の定、ミチルも総を見ていた。

「九時までは、絶対いるからね」

帰ってほしそうな叔父に、きっぱり宣言した。ミチルはわかってる、というように肩をすくめる。

ミチル自身は奔放な青春時代を過ごしたらしいのに、総については母よりも過保護だ。まともな恋愛をしたことのない総が、おかしな男に引っかからないか、変な虫が寄ってこないか、いつも目を光らせている。

総が常連のオネエ様たちに弄《いじ》られるのは面白がって見ているのだが、誰かがちょっとでも総に粉をかけようとすると、アルバイトらしからぬ態度で阻害してくるのだ。

オーナーが総に興味を向けたことはなく、それどころかこちらの存在を認識しているかどうかすら怪しいのに、ミチルにとってオーナーは「悪い虫」と認定されているようだった。総がいる時にオーナーが来ると、何かと理由をつけて総を帰そうとする。

「ミッチーったら、また総君の心配？　相変わらず過保護よね」

客の一人が総たちの視線に気づいて話しかけてくる。ミチルは水割りを作りながら「そういうわけじゃないけど」と口ごもった。過保護な自覚はあるらしい。

「まあねえ、こんな可愛《かわい》い子が甥《おい》っ子だったら、心配になるのも無理はないけど」

「可愛いは失礼よね。イケメンじゃない。また背が伸びた？」

「い、いえ。伸びてません」

身長は高校二年の百七十センチ手前で止まっている。

「ねーっ、お肌つるつる。やだちょっと、まだ童貞なの？　あたしが食べてあげようか。処女と童貞だったらね、童貞から捨てた方が縁起がいいのよ」

「聞いたことないわよ」

畳みかけられて、あいづちを打つ前にさらに畳みかけられる。最近は慣れてきたけれど、最初の頃は圧倒されたものだ。

「ミチルってば、そんなに警戒しなくても、オーナーはそこまでケダモノじゃないわよ。総君がいくら可愛くてイケメンでもね、見境なく手を出すわけじゃないから」

「そうそう、あの人は自分から手を出すんじゃなくて、相手が勝手に寄ってくるだけ。恋人がいようが、来る者拒まずのヤリチンだけど」

本当に最低よね、と一同が沸く。

「あたしは浮気でいい！　最低なヤリチンでいいから、オーナーに抱かれてみたいわー」

誰かが言って、あたしもー、という怒号のような声が次々に上がった。その時、不意に店のドアが開き、みんな思わず、というようにぴたりと口をつぐむ。

期待の眼差《まなざ》しが注がれる中、果たしてすらりとした長身の男が、ドアをくぐって中に入ってきた。

「相変わらず、ここの客はうるせえな。ドアの外まで聞こえてるぞ」

噂《うわさ》をすればオーナーだった。みんな一斉にキャーッと声を上げる。アイドルのコンサート、いや演歌歌手の歌謡ショーみたいだ。

「オーナー、抱いて！」

「嫌だよ」

誰かの叫びに素っ気なく返すと、またキャーッと沸く。こういうのもオラオラ営業と言うのだろうか、オーナーはいつもこんな感じだ。愛想がいいとは言えないのに、不思議と嫌な感じはしない。

オーナーはカウンターに入ると、ジャケットを脱いで奥に放り、長袖のTシャツの腕をまくった。ジーンズのポケットから髪ゴムを出して、長めの髪を無造作に縛る。それだけでまた、客がわいわい騒いだ。

薄いシャツ越しに、厚みのある筋肉質な身体《からだ》のラインが見える。ありふれたTシャツに、細い革紐《かわひも》とシルバーのネックレスをかけているだけなのに、総の目にはとても洗練されて見えた。

「ミチル。後はやるから休憩しろよ。今日は一人だろ」

騒ぐ客をよそに、黙々とオーダーの飲み物を作っていたミチルに、オーナーが声をかける。ミチルはハッと彼を見て、それから総を見てためらう素振りをした。総はそれに、帰らないよ、と目顔で返す。

「なんだ。甥っ子が来てるのか」

ミチルの視線を追って、オーナーはそこで初めて総の存在に気づいた様子だった。いらっしゃい、と珍しく愛想の良い笑みを見せる。それだけで、ふわっとテンションが上がるのを感じた。イケメンの威力すごい、などと思いながら、こちらもぺこりとお辞儀《じぎ》をする。

「ちゃんと見張っとけばいいんだろ？　俺が見てるから行ってきな」

「そういうあなたが、一番危ないんじゃない」

ミチルが半ば本気で言う。周りも先ほどの会話とは反対に、「そうよねえ」「オーナー、ケダモノだもの」と同調した。

「なんだよ、評判悪いな。大丈夫だって。こんなうるさいオバチャンらのいるところで、悪さなんかできねえよ」

オバチャン呼ばわりされた客たちは次々に文句を言ったが、ミチルはそれもそうだと思い直したらしい。それでも総に、

「九時までには戻るから。お酒はだめよ」

と、釘《くぎ》を刺して店を出て行った。その後ろ姿を見送って、オーナーがやれやれと肩をすくめる。

「相変わらず過保護なんだな、オジサンは。何それ、酒じゃないんだ。ウーロン茶？」

「あ、はい」

いきなり話しかけられて、総は思わず赤くなった。隣のフジが、「顔が赤いわよー」とからかう。それをジロッと睨み返した。物慣れないみたいで恥ずかしいから、余計なことを言わないでほしい。

「総君はまだ十九歳だから、ノンアルなのよね」

誰かが言って、総はこくこくとうなずいた。店にはいちおう、ソフトドリンクも揃《そろ》っているが、ウーロン茶以外は甘いジュースばかりなので、必然的にウーロン茶になる。

「厳しいな。俺なんか、未成年でも普通に飲んでたぜ」

オーナーが感心したように言う。バーの経営者の発言としてどうなのか、と思わないでもないが、こういう店には適度な緩さも必要なのだろう。

「ウーロン茶だけじゃつまんないだろ。何かカクテル作ってやるよ。炭酸は平気？」

言われて焦った。ぜひ飲んでみたいけれど、ミチルにばれて出禁になるのも嫌だ。

「あの、俺」

おろおろする総に、オーナーは「大丈夫」と軽く片目をつぶってみせた。

「アルコールは入れないから。ノンアルコールのカクテルも色々あるんだよ」

苦手なものある？　じゃあお任せでいいね、と簡単なやり取りの後、オーナーは戸棚からグラスを取り出す。

この店を開く前、オーセンティックバーでバーテンダーをやったこともあるという、彼のカクテルはなかなか本格的らしい。カクテルはメニューになく、オーナーがいる時にだけ注文できるようだ。

無駄のない動きでグラスに材料と氷を入れ、丁寧にステアすると、ストローを挿して総の前に出した。

「どうぞ。飲んでみて」

「ありがとうございます」

恐る恐る、ストローを口に含む。一口飲んで「美味《おい》しい」と思わず呟いた。グラスの底に詰まっているのは、ライムとミントの葉だろうか。わずかな甘みとライムの酸味の後に、すうっと冷たい爽《さわ》やかな香りが口の中に広がる。

実を言うと総も、他の店でカクテルを飲んだことがないわけではない。だが居酒屋で出される甘いだけのカクテルとは、まったく違っていた。

「すごい。すごく美味しいです」

「そう？　よかった」

嬉《うれ》しそうに破顔する男を見て、客たちがまた騒いだ。総の心臓も大きく跳ねる。

別に、この人が好きとかそういうわけじゃないけど。と、総はカクテルを飲みながら胸の内で言い訳する。

（いちいちカッコいいんだよな）

見惚《みと》れてしまうのも、仕方がない。

オーナーはカクテルを出すと、それ以上こちらに構うことはなく、他の客の相手を始めた。それでも放りっぱなしということはなくて、ちらちらとグラスの縁越しに彼を見る総に、時々気遣うような視線をくれる。その、こちらを見て少しだけ目で微笑《ほほえ》んでくれる仕草が嬉しくて、総はずっと彼を見ていた。

いつもはミチルの目が気になって、あまり彼を見つめることはなかったが、今はミチルがいないので心置きなく眺めていられる。他の客も彼を見ているから、からかわれることもなかった。

ミチルは一時間もしないうちに休憩から戻ってきた。総が手にしたグラスを見るなり、目を吊《つ》り上げる。

「ちょっとシンヤ。この子は未成年なのよ」

「知ってる。ノンアルコールのカクテルだよ」

ミチルがカウンターを睨むのに、オーナーも苦笑する。オーナーはシンヤという名前だと、初めて知った。

普段はミチルも、彼のことを「オーナー」と呼ぶ。年下だけど雇い主の彼に、決してぞんざいな態度は取らない。だから、思わず出た呼び名だろう。二人はこの店ができる以前からの知り合いだというから、客のいないところでは呼び捨てなのかもしれない。

シンヤ、という響きがどこか甘やかに聞こえる。オーナーを見据えるミチルの横顔が、なぜかいつもより綺麗《きれい》に見えた。


総が同性を意識し始めたのは、いくつの時だっただろう。

ごく小さい頃からかもしれないし、中学に入って二次性徴を迎えた頃だったかもしれない。はっきりと意識したのは高校生の時だ。高校の男性教師を好きになった。

それほどショックではなかったのは、ごく身近に同性愛者がいたからだろうか。あるいは何事にもフラットというか、大人げない母親、安里光《こう》のおかげかもしれない。

総の親は光だけで、親戚《しんせき》はミチルだけだ。いちおう、他にも血縁は生きて存在しているらしいが、交流はまったくない。

父は最初からいない。母はシングルマザーで、父の名前を総は知らない。聞いても「いない」としか答えてくれない。光は知っていると思うが、言いたくないのかもしれない。

ミチルと光の苗字《みようじ》が違うのはだから、光が結婚して変わったのではなく、二人が異父姉弟だからだ。

光の母が再婚し、連れ子だった光は再婚相手の籍には入らなかった。その辺の事情は総もよく知らない。やがてミチルが生まれ、その八年後に両親が相次いで亡くなった。

光は十八歳になったばかりだった。光は高校を中退し、働きながらミチルを育てた。話だけを聞いていると苦労したのだと思うが、今の母を見ているとあまりそう感じない。

光は細かいことや先のことを考えない性格で、いつ何があっても「ま、どうにかなるよ。ハハハハ」が口癖だ。頼もしいが、思春期を迎えた繊細な息子の相談相手にはならない。

話を総の指向に戻すと、そういうわけで自分が同性を好きになる人間だと自覚した時、総はがさつな母ではなく、まずゲイの叔父に告げた。

「あらまあ、そうなの」

俺もゲイかも、と打ち明けた時の、ミチルの第一声はそれだった。母親が大きくなった息子を見るみたいな目でまじまじと総を見つめ、それから優しく笑って、両腕でぎゅっとしてくれた。

「大丈夫よ。総は可愛いしイケメンだし、いい子だから、そのうちきっと、素敵な相手が見つかるわ」

でも、そのノンケの高校教師はやめときなさいよね、と言われて、その後も何かというとミチルに相談した。母にもしばらくしてカミングアウトしたが、「へえ。どういう男がタイプなの？　芸能人で言うと、誰？」という反応が返ってきてうんざりした。

ゲイだと自覚したけれど、その後も総は誰とも付き合うことはなく、告白することもなかった。

ほんのりした初恋の高校教師のほか、バイト先の先輩や塾の講師も好きになったけれど、彼らと付き合うなんて想像がつかなかった。

たまに彼らとセックスをする妄想をしてみるが、自分が抱くのか抱かれるのか、いま一つはっきりしない。自分がタチなのかネコなのか今もわからなかった。

「あたしは最初からネコで、入れる方は気持ちが悪くてできなかったけど。別に、どっちとか決めなくていいのよ」

とミチルが言っていたから、相手ができて、その時になったら自然に役割が決まるのだろう。

大学に入って、もしかしたら校内で仲間が見つかるかも、そして彼氏ができるかも、と期待に胸を膨らませたが、普通に友達ができただけだった。

それで、同じゲイの知り合いをもっと作りたい、とミチルに相談したところ、彼のバイト先を紹介されたのである。タチの悪い店もあるから、うちにしときなさい、と強く言われて、総はいまだに他のゲイバーには行ったことがない。

『ヴェロッサ』ではミチルの目が光っていたけれど、確かに知り合いはできたし、弄られる一方だけど指向を隠さず話もできる。

過保護な叔父をちょっともどかしく思いつつ、強く反抗するほどの不満でもなくて、総はおしなべて今の状況に満足していた。

二

「満が具合悪いみたいなのよね。ちょっと様子を見に行ってくれない？」

母の光からそんな頼みごとをされたのは、総が『ヴェロッサ』のオーナーにカクテルを作ってもらってから、一週間後のことだった。

「そろそろ夕飯食べに来いって、誘ったんだけど。電話の声がおかしかったのよ」

総が作った夕食を食べながら、光が言う。そういう自分も、寝不足で落ちくぼんだ目をしょぼしょぼさせていた。

「明日、学校の後に行ってみるよ。……それより母さん、スープは啜《すす》らないで。あと猫背。ほうれん草もちゃんと食べなよ」

総が注意すると、光は背筋を伸ばしながら「小姑《こじゅうと》か」とぼやいた。

「ちょうど締め切り終わったから、私が行ってもいいんだけどさ」

でもあえて行かずに、総に託すと言う。それで総にも、ミチルの不調の原因がなんとなくわかった。これは風邪《かぜ》などではないらしい。

「前回から半年も経ってないよな。今回、ちょっと早くない？」

「そうだっけ。あいつ、いっつも同じこと繰り返してるから、麻痺《まひ》しちゃったわ」

光はスープを啜ってハンバーグをかき込むと、「もう寝る」と、よろよろしながら自分の部屋に引っ込んだ。ほうれん草の煮びたしが手つかずで、母の偏食にため息をつく。

光の職業は漫画家だ。高校を中退して就職し、最初はキャバクラなどで働いていたようだ。総が物心つくまでは色々な職を転々としていたが、今は漫画家として家で仕事をしている。

誰でも名前を知っている青年誌で連載を持っているくらいだから、まあそれなりに売れてはいるのだろう。アシスタントというものもごくたまに出入りしているが、デジタルで描くようになった最近では、オンラインで原稿のやり取りができるので、ほとんど家に人が来ることはない。

総が中学の時にそれまで同居していたミチルが家を出て、以来、この家の家事と光の世話は総が担っていた。

それでも、光についてはそれほど心配はない。ずぼらで風呂《ふろ》に五日間入らなくても平気だし、自分の部屋の掃除もしないが、メンタルが安定していて、仕事で落ち込んでも食事と睡眠は怠らない。多少、放っておいても腹が減れば自分で勝手に何かを食べる。

心配なのはミチルの方だ。バイト先では図太いオネエぶっているが、実際は繊細で、落ち込んだり浮かれたりと気持ちの揺れが大きい。

おまけに恋愛体質だ。恋人のいない状態が不安だと言い、常に彼氏がいる。付き合った相手には全身全霊を傾け、失恋するとこの世の終わりのように落ち込んだ。

大人だから仕事はどうにかこなすけれど、私生活はいつもガタガタに崩れる。食欲がなくなって、眠れずにいつまでもメソメソ泣き続けるミチルを慰め、物を食べさせて眠らせるのは、昔から総の役目だ。

光も自分より息子が適任だと思っているから、弟の失恋の気配を察すると、こうして言葉少なに託してくる。

「辛《つら》いなら、軽く付き合わなきゃいいのに」

ミチルの失恋を慰めるたびに思うのだが、彼曰《いわ》く「好きになったら止められない」のだそうだ。

「今度はどういう男だったんだろ」

食器を片づけ、頭の中で明日のスケジュールを組み立てながら、想像してみる。一週間前、『ヴェロッサ』に行った時は普通だったから、その後に何かあったのだろう。

翌日、大学が終わるとその足でスーパーに寄り、家に帰って惣菜《そうざい》を作った。それをタッパーに詰め、自宅から歩いて十分のミチルのマンションに向かう。

ミチルには前日のうちに、様子を見に訪れる旨をメールしていた。返信がないので、おそらくは見ていないのだろうが。

インターホンを押しても返事はなくて、まさか馬鹿な真似《まね》はしてないだろうなと心配になる。そんなことはしないとわかっていても、毎回心配してしまうのが家族というものだ。

「ミチル、入るよー？」

合鍵《あいかぎ》で鍵を開け、奥に向かって声をかける。中に入ると、１ＬＤＫの室内は案の定散らかっていた。普段はマメに片づけるのに、恋愛がうまくいかなくなると、生活の一切を放棄する。

「ミチル、いるんだろ。また失恋したわけ？　もう大人なんだから、恋愛くらいでこんなにグダグダになるなよ」

玄関を抜けてすぐ、仕事場にもなっているＬＤＫには誰もいない。その奥の寝室を乱暴に開けると、ベッドの上がこんもりしていた。

「大人だって……」

何か、布団の中でブツブツと声がする。総への反論らしいが、小さくてよく聞こえなかった。部屋の電気を点《つ》け、乱暴に布団を剝《は》ぐ。ミチルが膝《ひざ》を抱えて泣いていた。

「ミチル臭い。風呂に入ったのいつ？　無精ヒゲ生えてるし」

わざときつい口調で言うと、ミチルは恨みがましい目で見上げ、またブツブツと文句を呟いたが、立ち上がってのろのろと風呂場に消えていった。

「まったく」

いつものパターンだ。しかもこの頃は、こうして総が布団を剝ぎにくるのを待っている節がある。どん底まで落ち込んで、浮上するきっかけが欲しいのだろう。

窓という窓を開け、散らかった部屋を掃除して回った。ゴミをまとめ、惣菜を温めて皿に移す頃、匂《にお》いに誘われたようにミチルが風呂から上がってくる。

ヒゲも綺麗に剃《そ》って、多少顔色が悪いことを除けば、思っていたよりも元気そうだ。

「ほらミチル、ちょっとでいいからご飯食べな。どうせまた、お菓子とかカロリーブロックで誤魔化《ごまか》してたんだろ」

総に料理を教えたのはミチルなので、普段は彼もきちんと自炊をしている。むしろ几帳《きちょう》面《めん》すぎるくらいなのに、失恋するとどうしてこうなってしまうのか。

「……ポタージュスープがない」

ミチルはソファテーブルに並べられた料理を見回して、拗《す》ねた口調で呟いた。

「あるよ。今、鍋《なべ》で温めてる。持ってくるから座って」

ブロッコリーのポタージュスープは、ミチルの好物だ。トースターにあらかじめ切っておいたフランスパンを放りこみ、スープをよそって焼いたパンを添えた。その間に待ちきれなかったのか、ミチルは並んだ皿を勢いよく空にしていた。よほどお腹が空《す》いていたらしい。

スープとパンを置くと一気に口の中にかき込み、かと思うと突然、腹を抱えてしくしく泣き始めた。

「お腹痛い……」

「いきなり食べるからだろ。学習しないな」

「そうよ。どうせいつも同じことばかり繰り返してるわよ。でもあたしだって、好きで振られてるんじゃないんだから」

泣きながら逆ギレし、それでも食べ続けて、また腹が痛いと呻《うめ》く。忙しい。

それでも総に反論する気力があるので、少し安心した。二年ほど前に長く付き合っていた相手と別れた時は、食欲もなくて夜も眠れず、本当にこのまま衰弱して死んでしまうのではないかと心配したものだ。

「洗濯物も溜《た》まってるし、今日は俺、ここに泊まるからね」

もう今日は夜なので、洗濯は無理だ。すぐには浮上しないので、明日までここに泊まり、しばらく通って身の回りの世話をする。

「……いつもごめんね」

皿がすべて空になる頃、ミチルが小さな声で言った。総は笑って向かいから手を伸ばし、ミチルの頭をぽんぽんと撫《な》でる。

お腹がいっぱいになると眠そうな顔になった。ベッドに行けばと言ったが、ミチルはずるずるとソファに這《は》い上がり、ごろりと横になった。そこは今晩、総が寝る予定の場所なのだが、一人で寝るのが寂しいのだろう。

テーブルの皿を下げ、食器を洗ってミチルと自分のためにお茶を淹《い》れる頃、不意に思い出した。

「そういえばミチル、バイトは？　ちゃんと休むって連絡入れた？」

今日は金曜日で、『ヴェロッサ』のバイトの日だ。どんなにグダグダでも、いつも仕事はどうにかして算段をつけるのだが、この時間になっても家にいるということは、バイトを休むのだろう。

「……バイトはもう行かない」

小さな声に驚いて振り返る。クビになった、という言葉が続いた。

「クビ？」

辞めたのではなく解雇とは、穏やかではない。失恋でサボッて、クビになったのだろうか。何かにつけて緩そうな、オーナーの顔を思い浮かべる。

「シンヤと別れたから、もう行けない」

「オーナーと付き合ってたの？」

思わず聞き返した。ミチルはそんなこと、一度も言わなかったのに。

「知らなかった。いつから」

なぜか乾いた声が出た。今までだって、いちいち男を紹介されていたわけではない。なのにどうして今日に限って引っかかるのだろう。

胸の中にモヤモヤとしたものが溜まったが、それ以上、自分のことを考えるのはやめた。今はそれより、ミチルの話だ。

「……いつからかなんか、忘れちゃったわ。前の彼と別れて、シンヤに寂しいって愚痴ったら、なんかそういうことになって」

身体で慰められたとか、そういうことらしい。

「人には厳しいこと言うくせに。自分はずいぶん奔放なんだな」

思わず非難めいた声が出た。ミチルが総のことを大切にしてくれているのはわかるが、自分自身はどうなのか。

しかしミチルは気まずそうに視線を伏せ、ごろりと体勢を変えて総に背中を向けた。ソファの背もたれに向かって、小さな声でブツブツ言っている。本当に、こういう時の彼は大人げない。

だがここで、ミチルの奔放な性を追及しても仕方がないし、今さらだ。

「最初はそんなだったけど、あたしは真面目《まじめ》に付き合ってたつもりだったのよ」

またごろん、とこっちを向き、顔を覆ってメソメソ泣き始める。

「でもあのヤリチン、同じバイトのマドカともヤッてたの」

そういえば先週、客の誰かがオーナーとマドカは付き合っているのではないか、と言っていた。総は顔をしかめる。

「最悪だな」

「しかも付き合ってるって思ってたのはあたしだけで、シンヤはそんなつもりはなかったって言うのよ。あたしが本気だって言ったら、そういう重いのは自分には無理だって」

今後、プライベートで会うのはやめようと言われたのだという。

「なんだそれ！　本当に最低だな」

ミチルは奔放だけれど、恋愛をしたら一途《いちず》なのだ。すぐにフラッと男に抱かれるのだって、寂しさの裏返しだ。一人と決めたら浮気なんてしない。一緒にいれば、彼がどれだけ

繊細なのかすぐにわかるはずなのに。

そんな馬鹿な男にちょっとでも憧れていたのかと思うと、自分にも腹が立つ。

「別れて正解だ、そんな奴。あのオーナーがそんなバカだと思わなかった。ヤリチンどころか、ただのクズじゃないか。あのロン毛のイケメン気取りが」

次々と悪態をつくと、ミチルはクスッと笑った。けれどその笑顔もすぐに悲しみで歪《ゆが》んでしまう。

「でも、一緒にいる時は優しかったの。すごく」

「見かけだけの優しさだろ」

すげなく返すと、ミチルはううん、と小さく首を振る。

「あたしの失恋を慰めようって思ったのは、本当なんだと思う。あの人、見かけよりうんと面倒臭い人なのよ。素っ気ないと思ったら優しくて、でもそれ以上は踏み込んでこなくて。人に深く関わるのを怖がってる。一度、辛い恋愛をしたからだと思うんだけど。そういうのを、あたしなら変えられるんじゃないかって、思っちゃったの」

総はオーナーのことをよく知らない。どう面倒臭いのかわからないし、過去にどれだけ傷つこうが、人を傷つけていい理由にはならない。クズはクズだ。

だが総が今、どれだけオーナーを攻撃しても、ミチルの傷は癒《い》えないだろう。自分で気持ちに折り合いをつけて、浮上するしかない。

「俺がこんなこと言っても、慰めにならないと思うけど。ミチルは美人だから、もっといい男が他にいるよ」

ミチルは付き合う男に尽くすタイプだけれど、本当は尽くされる方が似合っているんではないかと、総は思う。寂しがりやだから、ベタベタに甘やかして愛してくれる男の方がいい。

栗色のくせっ毛を撫でると、ミチルは目をつぶって「ありがと」と言った。

「総がいてくれて、よかった」

やがてすうっと寝息を立てて眠りに入った。よく眠れなかったのだろう。寝室から毛布を持ってきてかけても起きなかった。

総はお茶を片づけて、今夜はミチルの寝室で寝ることにする。

「おやすみ、ミチル。元気出せよ」

寝る前に小声で呟き、祈るような気持ちで額にキスをした。早く馬鹿な男を忘れ、傷が癒えますように。それから今度こそ、いいパートナーが見つかりますように。

叔父の寝顔は綺麗で寂しそうだった。その目尻《めじり》に微《かす》かな涙を見つけ、総は無言でぎゅっと拳《こぶし》を握りこんだ。

一晩経つと、改めてオーナーに対する怒りがこみ上げてきた。

ミチルがこういうクズと付き合うのは久々だ。ミチルが昔付き合っていたクズは、もっとどうしようもない、誰が見てもわかるチンピラだったし、どうせこの先もろくな人生は送らないだろうと思える男だったから、とにかく別れてよかった、という気持ちの方が大きかった。

しかし今回の男は、表向きはバーのオーナーだったり、まともな風采《ふうさい》を整えているので余計に腹が立つ。

ミチルと別れても次から次に相手が現れて、彼自身は痛くも痒《かゆ》くもないのだろう。そう考えると、一発くらい殴っていいんじゃないかと思えてきた。

殴ってもなんにもならないことはわかっている。が、このままではミチルが泣き寝入りするようで嫌だった。お前が軽々しく振った男は、本当はお前が思っている以上に価値のある人間で、人から大切にされているのだと知らしめたい。

一度頭に血が上ると、行動しなければ気が済まないのは総の悪い癖だった。カッとなって猛進し、いつも終わってから自分のしたことの痛さに頭を抱える。けれど、前もって冷静な判断ができるなら誰も後悔などしない。

一晩明けて翌日は洗濯をし、まだメソメソしているミチルを叱咤《しった》し、励ましながら、総のオーナーへの怒りはふつふつと滾《たぎ》り始めていた。

一度会って、殴るか罵倒《ばとう》するか。とにかく何かしないと気が済まない。

その日、干してふかふかになった布団と清潔なシーツに、少しだけ笑顔になったミチルが眠ると、総はリビングに置きざりになったミチルの携帯電話を手に取った。

心の中で叔父に謝りながらメールを開く。「薬袋真也」という男の履歴がすぐに出てきた。バイトのシフトの確認をしているから、これがオーナーだろう。

男の電話番号とメールアドレスを、自分の携帯電話に登録した。ミチルには、ほとぼりが冷めた頃に謝ることにする。

一晩迷って、話があるので会いたい、とだけメールをした。返事は半分期待していなかったが、昼過ぎにメールが返ってきた。

今ぐらいの時間ならいつでもいい、という返事だったので、明日の午後一時に会いたいと返した。時間を置くと、冷静になってしまいそうだったからだ。

場所は『ヴェロッサ』の近くにある喫茶店にした。総も一度行ったことがあり、誰でも知っているチェーン店だからだ。

「ちょっと出かけてくるね」

翌日、ミチルのために早めの昼ご飯を作ると、そう断って部屋を出た。

「あたしなら、もう大丈夫よ。授業サボらせてちゃったわね。ごめんね」

申し訳なさそうにミチルは言う。土日は授業がないので、サボるのは今日だけだ。しかも総が勝手に憤り、当事者に内緒で相手の男をぶちのめしに行く。

急に後ろめたくなって、「普段は真面目に行ってるから」などと言い訳をして部屋を飛び出した。

電車に乗り、待ち合わせの喫茶店に近づくにつれ、だんだんと頭が冷えて後悔の念がこみ上げてきた。

一発かますといっても、相手だって素直に殴られてくれるはずがない。暴力ではなく口で文句を言うとして、あの男をやりこめるような言葉が出てくるだろうか。なんて言えばいいのだろう。

頭に血が上っていたとしても、もう少し段取りを考えておくべきだった。店の前まで来て怖気《おじけ》づいた時、後ろからポンと肩を叩《たた》かれた。

「君。総君、だっけ?」

びくっと振り向いた先に、あの色男がいた。

「君も今来たの？　ちょうどよかった」

気さくな口調で言って、先に店のドアを押す。心の準備もなくただ硬直していた総は、慌てて男の後を追った。

真也はぐるりと店を見回し、応対に出た店員に断ると一番奥まった席に向かった。店内は広く、ちらほら席は埋まっているものの、奥に客はない。

男は店員が持ってきたメニューを広げると、総が見やすいように傾けた。昼ご飯は食べたかと尋ねる。総は内心でメニューどころではなく、何もかも決めかねてオロオロしていた。すると真也は「じゃあ、俺と一緒のコーヒーでいい？　それとも紅茶にする？」と穏やかに誘導し、ブレンドコーヒーを二つ頼んだ。

座ったのは喫煙席で、真也は吸っていいかと断って煙草《たばこ》を取り出す。煙を一つ、二つ吐き出してから、口を開いた。

「今さらだけど、俺の連絡先、どうやって知った？」

いきなりそれを聞かれるとは思わなかった。ルール違反を犯している身としては、肩身が狭い。

「すみません。あの、ミチルの携帯電話を見て……本当に、すみません」

しどろもどろに謝ると、真也は軽く目をすがめ、口の端で笑った。

「叔父さんの携帯を盗み見たのか。悪いヤツだな」

どこか面白がる口調だった。低い声は蠱惑《こわく》的で、不覚にもドキリとする。

「それで？」

真也は気だるげに煙を吐いた。

「どうしたいの」

いきなり本題だ。

「どうって……」

「ミチルに聞いたんだろ」

はい、とうつむく。目の端で、男がまた紫煙を吐くのが見えた。

「俺は、ただ」

殴ってやりたかった。殴って罵倒して、ミチルはお前なんかがオモチャにしていい相手じゃないんだと、知らしめてやりたかった。

だが今、実際に真也を目の前にすると、この男に何を言っても無駄のように思える。殴らせろと言えば、それで気が済むならどうぞ、とでも返しそうだ。

そうではない。もっと深く、思い知らせてやりたい。こいつを後悔させてやりたいのに。

「あの、俺」

何を言うのかわからないまま声を上げた時、店員が「おまたせしました～」と軽やかな声を上げてコーヒーを運んできた。

図ったようなタイミングに、腹が立つような恥ずかしいような気分になる。なんで俺、こんなにへどもどしてるんだろう、と思うと余計に顔が赤くなった。

そういう総を、勘違いしたのだろうか。

「俺と付き合いたい？」

店員が去った後、ポン、とそんな言葉が降ってきて、総は思わず「は？」と顔を上げた。

「あれ、違った？　ミチルと別れたって聞いたんだろ。まあ、俺は付き合ってるつもりはなかったんだけどな」

真也は言って、皮肉っぽく笑う。嫌な笑いだった。

「先週、うちの店に来てただろ。チラチラこっちを見てるから、てっきりそうなんだと思ってた」

「そう、って」

「俺に気があるのかなって」

かっと頬《ほお》が熱くなった。確かに見ていた。あの時はまだ、彼に憧れていたから。だが真也がそれに気づいていて、しかもこんなふうに意地悪く突きつけてくるとは思わなかった。

(マジで最低)

うつむいたまま、膝の上でぐっと拳を握る。冷静だった頭に、再び怒りが上ってきた。

「違ったらごめんな。よくあるからさ。誰かと別れたって聞くと、じゃあ自分と付き合わないかって。友達同士とか、親しい奴同士でもよくあるから」

だから付き合ってやってもいい、とでも言うのか？　ミチルを振って、マドカという男とも関係し、それで総に告白されれば、いいよと安請け合いするのだろうか。

最低、とまた心の中で呟いた。こんな男にミチルは傷つけられたのだ。怒りで頭がいっぱいになる。コーヒーに手を伸ばそうとしたが、手が震えていたのでやめた。

「いいえ、違ってません」

きっぱりと言い放つと、心の隅っこで小さくなっていた冷静な自分が「あーあ」と呟いた。けれどもまだ、怒りが総を支配していた。

このまま引っ込んではいけない。こいつに思い知らせてやらなければ。

付き合ってもいいと言うなら付き合おう。それでこの男を振り回し、それから、それから……。

(本気にさせて、振ってやる)

怒りと興奮で腋《わき》に冷たい汗が流れる。顔を上げて真っ直《す》ぐ相手を見つめると、真也は一瞬だけ、気圧《けお》されたように目を見開いた。

「俺は、あなたと付き合いたいです。付き合ってください」

必死で言い募ると、男はまたふっと、皮肉げに笑って目を伏せた。短くなった煙草を灰皿の上で捻《ひね》りつぶし、二本目に火を点ける。

「君はあまり、恋愛経験がなさそうだな。大丈夫か。ミチルに聞いただろ？　俺がわりとかなり、最低な男だって」

自覚があって改めないのだから、本当に嫌な野郎だ。やっぱり殴ろうかと思ったが、軽くいなされそうだったので思い留《とど》まる。

「俺、浮気するよ？」

歪んだ笑いを浮かべながら、男は言った。先週、バーでカクテルを出してくれた時の、人懐っこい彼とは別人のようだ。

「一人の相手と真面目に恋愛したいって言うなら、やめた方がいい。俺はそういうの、無理だから」

横柄な口調で言い、ちらりと腕の時計を見る。ここまで言えば、総が引っ込むと思っているのかもしれない。

（誰が引っ込むかよ）

思い知らせてやる。ミチルが受けたのと同じ分だけ、こいつを傷つけてやる。

頭が怒り一色になると、意識は明瞭《めいりょう》になった。今なら目を伏せて顔を赤らめ、恥じらう演技だってできる。

「本気じゃなくていいんです。遊びでも。俺、まだ誰とも付き合ったことがなくて、でも最初は好きな人としたいって思って。だから真也さんに色々……教えてもらいたいんです」

ちらりと相手を窺う。真也はこちらの真意を探るように、紫煙の向こうで目をすがめていた。

「だめですか」

必死なのは、演技ではなかった。とにかくここで終わらせたくない。縋《すが》るような目で見つめる。真也も総を見つめ返し、それから表情を緩めて笑った。

「いいよ。恋人ごっこ、ってのも楽しそうだ。遊びでいいなら、付き合おうか」

冷たい目でこちらを見下ろす、こいつを本気にさせてやる。その時は真剣に、そう思ったのだ。

三

いったいどうして、百戦錬磨のヤリチン男を本気にさせられるなんて思ったのだろう。

「失敗した。ああもう、失敗した」

一日経つと、自分のしでかしたことの愚かさに、頭を抱えて転げまわりたくなった。いや実際、自分の家に帰ってしばらく、布団の上で転げまわっていたのだけど。

大学の学食でまた思い出し、呻いていたら、「安里うるさい」「独り言は一人でやれ」と友達から口々に言われた。

それでも思い出すと「あーっ」と叫び出したくなる。

あの後、真也とはすぐに別れた。別れ際、今度デートに出かけよう、と真也は言った。顔は笑っていたけれど目は冷たくて、もしかするとあの男は、総を軽蔑《けいべつ》していたのかもしれない。

ミチルが総を可愛がっていることは、真也も知っているだろう。ミチルが本気で真也を好きになって振られたのに、総は、じゃあ今度は自分が、と言い寄ってきたのだから。

喫茶店を出てすぐ、猛烈な後悔が押し寄せてきたが、「すみません、やっぱ今のナシで」などとは言えない。

どうしようどうしよう、と頭を抱え、ミチルのマンションに戻った時の態度はかなり挙動不審だったはずだが、ミチルは落ち込むのをやめて仕事を始めていて、総の異変に気づいた様子はなかった。

「総のご飯を毎日食べたから、元気が出たわ。ありがとう。もう大丈夫よ」

綺麗に笑う叔父に申し訳ない気持ちになって、総はその日、そそくさとミチルのマンションを後にした。

自宅に戻って思い返し、後悔に悶《もだ》えて布団を転げまわった。考えないようにして眠ったが、起きて思い出すとやっぱり叫びたくなる。

前日にサボったので、今日は真面目に大学に行ったが、真也のことが気になってちっとも集中できなかった。

「なあ。まったくその気がない相手を本気にさせるのって、どうすればいいと思う?」

うるさい、うざいと言われた友人たちにとりあえず聞いてみる。

「俺たちにわかると思うか?」

冷ややかな答えが返ってきて、そうだよね、と肩を落とした。総と同じ、年の数と彼女がいない歴が一緒なのだ。

（どう考えても無理だ）

だが一方で、真也に対する怒りも残っていた。むしろ実際に会って話をして、余計に腹が立った。あいつをどうにかしてやりたい、とも思う。

結局、いくら考えてもなんら打開策は見いだせず、その日は大学の後、いつも通り家の近くにあるコーヒーショップへアルバイトに出かけた。

何事もなく夜にバイトが終わり、携帯電話を確認すると、真也からメールが入っていた。デートの誘いだ。さっそく今週の土曜日、夕食を食べないかと言う。向こうだって大して乗り気でもなさそうだったのに、マメで行動が早い。

正直に言えば、逃げ出してしまいたかった。すっぽかしたらどうかと考えたが、真也はまったく気にしないだろう。すぐに総の存在を忘れ、別の男と今まで通り、いい加減に遊ぶはずだ。それもムカつく。

悩んだあげく、誘いを受けた。こうなったらもう、腹を括《くく》って演技を続けるしかない。

全力で好きになってもらえるように、努力するのだ。

（それであいつが本気になったら、ボロ雑巾《ぞうきん》のように捨ててやる）

その日からは無駄に前向きになって、ネットで「男を本気にさせる方法」などを検索したりした。恋愛経験の少ない総には、どれもハードルが高くて参考にならなかったが。

金曜日になると、ミチルが家にやってきた。仕事が詰まっていなければ、たいていは週に一度、夕食を食べにやってくる。大雑把で放任主義なようで、実は心配性の光に顔を見せるためだ。

「何よ、意外と元気そうじゃない」

三人で食卓を囲み、ぶっきらぼうに言う姉に、弟のミチルは「心配かけてごめんね」と微笑む。

「総にもまた、迷惑かけちゃった」

弱々しい笑顔はまだ本調子ではない証拠で、少し痩《や》せた首筋が痛々しかった。

「別に迷惑じゃない。それより、いっぱい食べて」

今日はミチルの好物ばかり作ったのだ。早く元気になってほしい。

そう思う一方で、真也のことで勝手に行動してしまったことに、後ろめたさを感じずにはいられなかった。ミチルが知ったら怒って、呆《あき》れるだろう。

「そういえばさ。明日のデートの服装なら、ミチルに聞けばいいんじゃない？」

不意に光がそんなことを言うので、心臓が飛び上がった。ミチルも驚いた顔をする。

「デート？　総が？」

「ち、ちが……そういうんじゃない。デートじゃないったら」

明日、真也とのデートに何を着て行けばいいのかわからなくて、光に聞いてみた。聞かなければよかったと後悔する。

「ただ出かけるだけ。デートじゃないし、相手は恋人でもなんでもないんだから」

余計なこと言うなよ、と母を睨む。だが向こうは睨まれる理由がわからないようだった。

「そんなむきにならなくても。ファッションなら、ミチルの方が詳しいでしょ」

「いいってば！」

真也とのデートの服をミチルに選んでもらうなんて、冗談ではない。しかし食卓がしんと静まり返り、思わず語気を強めてしまったことを後悔した。

「ごめん。本当にあの、そういうんじゃないから」

ボソボソと謝ると、「わかったわよ」とミチルが苦笑した。

「本当にデートの時は相談しなさいよね」

「うん。わかってる」

叔父のフォローに、彼に言えないことがある総は、胸が痛む。

（ごめんミチル。でも絶対、あいつに復讐してやるから）

食事を終えると、ミチルは仕事があるからと帰っていった。翌日は朝からバイトを入れていて、夕方にバイトを終えて着替えに戻る。真也との約束は十八時だ。

シャワーを浴びて、よそ行きの服に着替える。コーヒーショップのバイトは意外と汗をかく。フードやコーヒーの匂いが髪につくので、シャンプーもした。

丁寧に身支度を整えていると、本当にこれから真也とデートをするのだと、実感が湧《わ》いてきた。

（どういう顔して行けばいいんだろ）

生まれて初めてのデートだ。それが復讐の相手だなんて、自分でも馬鹿なことをやっていると思う。

だんだんと憂鬱《ゆううつ》な気持ちになりながら、約束の場所に向かった。

待ち合わせ場所で有名な駅前の銅像の前に、真也はすでにいた。目立つのですぐにわかる。煙草を吸うでも、携帯電話を操作するでもなく、ただ宙を見つめて何か考え事をするように立っていた。

周りにいる女たちが携帯を操作するふりをして真也を窺い、通行人がわざわざ振り返って彼を見ている。あからさまな視線も多いのだが、真也はまったく気にしていない様子だった。

そんな、周囲の注目を浴びる男の連れが、自分みたいなどこにでもいる学生なんて。なんとなく申し訳ない気分になる。

「真也さん」

なるべく目立たないように近づいて呼ぶと、真也はついっとこちらを振り向いた。目が合ったが、一瞬、ほんの一瞬だったが、誰だかわからないような顔をした。

それからすぐ、「お前か」という表情になる。

（最悪だな）

付き合おうと言った奴の、顔もろくに覚えていないのか。

「今日は雰囲気違うから、別人かと思った」

しれっとそんなことを言う。白々しい男だ。

「行こうか」

耳元で囁《ささや》く。さりげなく身を寄せて、総の腰を軽く叩いた。

たったそれだけの仕草だ。手を握られたわけでも、腰を抱かれたわけでもない。なのに特別なスキンシップをされたような気がして、ギュンと心拍数が上がった。

「土曜日はどこも混んでるな」

そんな総の焦りを知ってか知らずでか、週末で賑《にぎ》わう人ごみをすり抜けながら、真也がぼやく。前だけを見ているようで、総が行きかう人に遮られて離れそうになると、さっと手を引いてくれた。

引かれた手の力は思いがけず強くて、真也の胸に飛び込んでしまう。

「大丈夫?」

「は、はい。すみません」

鈍臭い奴だと思われたかもしれない。ちらりと窺い見ると、真也はどうしてか、探るような目でじっとこちらを見ていた。

「へえ」

「え?」

「いい匂い」

くすっと笑う。総のことだろうか。だが特に、香水などはつけていない。

シャワーを浴びてきたから、石鹸《せっけん》の匂いかもしれない。出がけにシャワーを浴びてよかった、とその時は無邪気に思った。

案内されたのは、駅から少し歩いた、狭い路地にあるビストロだった。お洒落だけれどかしこまった雰囲気はなく、比較的若い客で賑わっている。

あらかじめ予約していたようで、真也が「予約したミナイです」と告げると、奥の席に通された。

「ミナイって、真也さんの本名ですか？」

席について一番に尋ねると、真也は笑った。

「本名っていうか、苗字だよ。言わなかったっけ。薬に袋って書いて、ミナイと読む」

知らなかった。ミチルのアドレスにあった名前を勝手に「クスリブクロ」と勘違いして読んでいた。

「よく、なんて読むんですか？　って聞かれるよ」

総が自分の無知を恥じていると、フォローするように言った。

「そういえば、俺も総の本名を知らないんだった。日向総、だっけ」

「いえ、安里総です」

「ふうん」

ミチルがどこまで家庭事情を話していたのかわからないが、真也はそれ以上詳しく聞かず、「大学生だよな？」と尋ねてきた。

「はい。来年の一月で二十歳になります。あの、だからアルコールは飲めないんですけど」

別に年齢なんか、言わなくてもわからない。保護者がいるわけでもなく、酒を頼んでも構わないのだが、なんとなくミチルの顔が頭に浮かんだ。

「無理して飲まなくてもいいよ。嫌いな物はないって言ってたよな。この店、スペアリブが売りなんだよ」

　総が物慣れなくて、酒も飲めなくても、真也は気にしていないようだ。真也が料理を選び、飲み物は二人ともソフトドリンクを頼んだ。

「あの、今日はありがとうございます」

　間が持たなくて、そんなことを言ってみる。向かいからプッと吹き出す声が聞こえた。

「ずいぶん他人行儀だな。付き合うんだろ？　敬語はやめてくれ」

「はい……うん。わかった」

「緊張してるなあ。デートも初めて？」

　無言のままうなずいた。ギクシャクしているのがわかるのだろう。あまりにも経験値がなさすぎて恥ずかしい。真也はそんな総を物珍しそうに見る。

「ま、最初は仕方ないか。そのうち慣れるよ」

　料理が運ばれてきて、二人で食べる。その間も真也はあれこれと会話を振ってくれたが、緊張しすぎて気の利いた言葉どころか、普段通りの受け答えもできなかった。美味しいというスペアリブの味もよくわからない。

　こんなのが相手では、真也もつまらないだろう。だが彼は白けた様子もなく、その後も変わらない態度で話をしてくれた。

進まない会話と、すぐに出てくる料理のおかげで、食事はあっという間に終わってしまった。そろそろ出ようか、と真也が言った時には、入ってから小一時間しか経っておらず、これでデートも終わりかと内心で落胆した。

やっぱり、総があまりにもつまらなくて本当は呆れていたに違いない。

「あの、俺も払う」

こちらからお願いして付き合ってもらっているのだ。退屈させた上に、奢《おご》ってもらうのは悪いような気がして、そう申し出た。

「いいよ。それは同じ年の恋人ができたらやりな」

真也は呆れたように言い、会計用のプレートを持ってさっさと席を立つ。店を出て、「ご馳走《ちそう》様でした」と頭を下げると、真也は「どういたしまして」と、ちょっと笑った。

それから腕の時計を見て、まだ早いな、と呟く。

「次の店も、俺のお任せでいい？」

総は大きくうなずきながら、これで終わりにならなかったことにホッとした。

次に連れて行かれたのは、先ほどのレストランからさらに駅を離れた、薄暗いバーだった。といっても、『ヴェロッサ』のようなカウンターだけの小さな店ではない。ゆったりとしたソファのテーブル席が中心の、かなり広い店舗だった。

どうやら店のスタッフと真也は知り合いのようで、店に入ると案内したスタッフやカウンターのバーテンダーが親しげに挨拶《あいさつ》をしてきた。

「『ヴェロッサ』をやる前に、別のバーで働いてたことがあるんだ。ここの店長はその時の先輩。たまに勉強に来る」

時間が早いせいか、店はまださほど混んではいなかった。真也は奥まった角の席を選び、スタッフに通してもらった。

隅に二つソファシートが並んだコーナー席は、観葉植物でさりげなく遮られ、座ると視界が狭くなる。照明も薄暗く絞られていて、なんだか落ち着いた。

「ここならそんなに、緊張しないだろ?」

ふうっと息を吐いた総を見て、隣の真也が囁く。緊張でギクシャクしている総のために、この席を選んでくれたらしい。

「ノンアルのカクテルも種類があるから、色々頼んでみれば?」

メニューブックを総に渡した真也は、煙草吸っていい? と声をかけて煙草に火を点けた。薄明かりの下で美味《うま》そうに煙を吐く様が、とても絵になっている。

悔しいが、やっぱりいい男だなと思った。

「いっぱいあって迷う。この間、真也さんに作ってもらったカクテル。なんていうの?」

メニューには、カクテルの名前と一緒に、ベースや簡単な説明が書いてあった。ノンアルコールのタイプもたくさんあって、メニュー以外でも相談すれば作ってもらえるようだ。

「あれはヴァージン・モヒート。生のミントとライムと砂糖を潰《つぶ》して、炭酸を加えるだけ。簡単だろ？　家でも作れる。カクテルは店によって微妙にレシピが違うから、飲み比べても面白いかもな」

総が感心して聞いていると、真也は不意に意地の悪い笑みを浮かべ、低く囁いた。

「ヴァージン・モヒートって、ぴったりだろ。お前の顔を見て、あれを作ろうって思いついたんだ」

ヴァージン、という単語を強調する。総はかあっと顔が熱くなるのを感じた。自分でも経験がないとは言ったが、そう告げる前から見抜かれていたのだ。

わざとからかう声に、総は隣の男を睨む。

「オヤジギャグかよ」

ぼそりと言うと、真也は声を立てて笑った。

「確かに。お前から見りゃオヤジだ」

「真也さん、いくつ」

ミチルより年下だということしか知らない。

「三十二」

一回りも年上なのだ。それは経験値が違うのも仕方ないよな、と心の中で自分をなぐさめる。

「真也さんは？　初めてのデートの時、緊張しなかったの」

カクテルをオーダーした後、不意に思いついて尋ねた。彼にも若い頃があったはずだ。その質問がいかにも子供じみていたからか、真也は子犬でも見るように優しく笑った。

「初めてのデートか。いつだったかな。十代の頃は今の俺たちみたいに、年の離れた男とばかり付き合ってたんだ。相手にあちこち連れ回されたから、もう覚えてない」

「昔からヤリチンだったんだ」

男の柔らかな表情にどきりとして、わざと憎まれ口を叩いた。「おい」とすかさず突っ込みが入る。

本気の恋愛はしない、と真也は最初に言った。昔からそうで、今まで誰とも恋をしたことがないのだろうか。だからミチルをあんなふうに傷つけ、その甥とも平気で付き合えるのか。

根掘り葉掘り追及したかったが、今はその時ではない気がした。せっかく緊張がほぐれ、雰囲気も柔らかくなったのだ。不用意なことを言って、台無しにしたくない。

オーダーしていた飲み物が来て、それからはカクテルや酒の話になった。総が頼んだのは、前に飲んだものとは違うカクテルだが、これもまた美味しかった。

「こっちもちょっと、飲んでみるか？」

真也が自分のオーダーしたカクテルグラスを指した。一口だけ、飲ませてもらった。間接キスだ、などと考えて、慌てて頭の中で取り消す。

「美味しい……かな」

すっきりしているけれど、色々な匂いが混ざって、ほとんど甘みのない酒だった。あまり飲みやすいとは言えない。

「うん。好みが別れるよな」

舌が子供っぽいと笑われるかと思ったが、真也は真面目な顔でグラスを見つめていた。

「カクテル、好きなの？　バーテンダーの修業してたって聞いたけど」

「まあ、好きっちゃあ好きだな。一年しか働いてないし、修業ってほどでもない。店を出すって決めたんだけど、バーで働いた経験はなかったんだよ。それで、まず働いて勉強しようと思ったんだ。たまたまバイトに入ったのが、正統派のカクテルを出すオーセンティックバーだったってだけ」

なんでもないことのように言うけれど、すごい行動力だ。

「だから俺のバーテンダーとしての腕も、大したことない。ただそれっぽくシェイカー振ってるだけ。中途半端なんだ。でもこの店は本物」

自嘲《じちょう》気味に言う。自信満々なのだと思っていたから、不思議だった。

「でも、こないだカクテル作ってくれた時は、カッコよかったよ?」

あの時、流れるような動きに見惚れてしまった。素直にそう言うと、真也は少し目を見開き、それから「どーも」と照れ臭そうに手元の煙草を弄った。

いつも気だるげで、何事にも動じないように見えるから、こんな顔をされると弱い。

(……って、俺がほだされてどうするんだ)

目的は復讐なのだ。馴れ合うのはあくまでも表面だけ。自分に言い聞かせ、グラスを傾けた。

それから真也は、バーで働いていた時の面白いエピソードや、変わった客の話を聞かせてくれた。総もアルバイトの話をしたりして、食事の時よりはずいぶんと緊張が解け、会話が弾んだ気がする。

店を出るまでにそれぞれ二、三杯カクテルを飲み、総は一口だけ、という名目で真也のグラスを何度か味見した。総は酒が飲めないわけではないし、味見だから酒の量もたかが知れているのだが、真也が会計を済ます頃にはなんとなく気分が浮き立っていた。

薄暗く落ち着いた店内を出て、今度こそお開きかと思うと寂しい気持ちになる。だが真也は路上に出るなり総の手を取り、「行こうか」と歩き出した。

「え？」

駅とは反対の方角だ。しかもだんだんと店の明かりはなくなり、寂しい路地へ入っていく。

（まさか……）

ドキドキと心臓の鼓動が大きくなった。行き先を聞かなくてはと思いながら、まるで現実のことではないような気がして、言葉が出てこない。

やがて真也が手を引きながらすいと角を曲がると、予想通り、暗い通りにぽつりとホテルの看板が光っていた。

「あ……」

「また、緊張した？　大丈夫だから、おいで」

思わず足を止めた総に、真也は先ほどとはわずかにトーンの違う、甘い声で囁く。握っていた手をはずし、かわりに腰を抱いた。

（そんな、いきなり）

総だって、何も予想していなかったわけではない。遊びでもいいから付き合ってくれと頼んだ時、いつかこういう事態になるとは思っていた。断る口実もあれこれ考えていたけれど、それはまだ少し先で、まさか一回目のデートでいきなりホテルに連れ込まれるなんて、思っていなかったのだ。

咳《せ》き込みそうになるほど心臓の鼓動が速くなり、足が震えた。だが真也は少し強引と思えるほど、強い力で総をホテルへ誘《いざな》っていく。

「早めに来たけど結構、埋まってるな」

総の腰を抱きながら呟き、部屋を選択すると、勝手知ったる様子で奥へ進んだ。

「あの、腰……誰か来たら」

「男同士もOKだから問題ないけどな。人が来たら、顔を伏せてればいい」

離れたくて言ったのに、さらに引き寄せられてしまった。不幸中の幸いか人に見られることはなく、部屋に入った。

先に真也が入り、総の後ろでガチャンとオートロックの音が聞こえた時、取り返しのつかない事態になった気がした。

どうしよう。

怖い。今すぐ嫌だと言って逃げ出したい。だが逃げ出したら、次はないだろう。それでもいいのか。だが自分の身体を差し出してまで、芝居を続ける必要があるのか。

「先にシャワー浴びてくれば」

ジャケットを脱いで部屋のソファに放りながら、真也が言う。彼はもちろん緊張などとは無縁で、冷蔵庫からミネラルウオーターを取り出してテレビをつけていた。このラブホテルにも、他の誰かと何度も来たことがあるのだろうか。

「ん？　一緒に入るか？」

ソファに座ってテレビのチャンネルを切り替えていた真也は、立ち尽くす総に気づいていたずらっぽく言った。総は慌てて首を横に振った。

バスルームに行こうとして、脱衣所がないことに気づく。バスルームの前の洗面台にバスタオルとローブが入った籠《かご》があるから、ここで脱げというのだろう。

部屋には遮るものはない。ソファからちょっと首を横に向ければ、脱いでいるところが丸見えだった。

「あ、あの……」

棒立ちのまま声をかけると、真也はくるりと振り返った。

「何？」

「脱ぐところ、ない」

緊張のあまり片言になってしまう。真也は苦笑した。

「そこで脱ぐんだよ。わかった。風呂に入るまでそっち向かないから」

またくるりとテレビの方を向く。笑っていたが、その目の底にわずかな苛立《いらだ》ちが感じられて、手足の先が冷たくなった。

こんなことでもたもたしている総が、幼稚で苛立たしいのだ。

セックスしたくない、とは言い出せず、総は服を脱いで浴室に入った。部屋の面積に対して、やけに風呂場と浴槽が大きい。わざわざお湯を溜めて入る気にはならなくて、入り口近くにあるシャワーのコックをひねって頭からお湯を浴びた。

これから本当に、真也に抱かれるのだろうか。今しがたの、わずかに苛立たしげな彼の目を思い出す。

ご飯とカクテルをご馳走してもらって、楽しかったけれど、真也にとってはどうでもいいことだった。目的はただセックスだけ。いや、もしかしたらそれすら、どうでもいいと思っているのかもしれない。

総の相手をしなくても、彼には他にもたくさんの相手がいるのだから。

自分のことなどなんとも思っていない男に、これから抱かれる。総に魅力などあるはずもなく、真也にとってはボランティアなのかもしれない。

「……っく」

惨めだ。怖い。シャワーの水音の中で、ひっそりと嗚咽《おえつ》を漏らした。早くシャワーを浴びて出なければ。けれど身体が動かない。

「おい、大丈夫か？」

どれくらいそうしていただろう。不意に声がしたかと思うと、浴室のドアが開いて真也が顔を出した。

「なんだ。のぼせたのかと思ったぜ」

「……っ」

びくっと震え、自分の肩を抱く総に、真也は眉をひそめ、それから呆れた顔になった。

「おいおい、そんなに怯《おび》えることはないだろうが。強姦《ごうかん》するわけじゃないんだぞ？」

わかっている。総が付き合ってくれと言ったのだ。食事をして、カクテルを飲んで、真也にしてみれば十分、ここに来るまでのお膳立《ぜんだ》てをしたつもりなのだろう。

すみません、と絞り出した声が震えていた。

「お、俺……今日、いきなりこういうことになるって、思わなくて」

受身のセックスは痛いのだろうか。上手くできなかったら、真也にまた呆れられる。いやそもそも、このままこの男に抱かれていいのか。抱かれたら最後、もうミチルに顔向けできない。

考えれば考えるほど混乱し、恐怖がこみ上げてきた。自分の肩を抱いたままシャワーの下で震える総を、真也はどう思ったのか。

やがて視線を足元に落とすと、彼は疲れたように息を吐いた。

「嫌なら嫌って、最初に言ってくれよ」

呆れと苛立ちの混ざった声に、ぶわっと涙が溢《あふ》れた。泣いたりしたら、相手を余計に苛立たせるとわかっているのに。

下を向いて必死で涙を止めようとしたが、泣いてはいけないと焦れば焦るほど、涙が溢れてくる。嗚咽を押し殺すと、喉の奥がひゅうひゅうとおかしな音を立てた。

真也がもう一度、深いため息をつくのが聞こえた。

「帰るぞ。外で待ってるから、泣きやんだら出てこい」

冷たい声で言い置いて、踵《きびす》を返す。総はびっくりして、思わず彼の手を摑《つか》んだ。

「ま、待って。だ、大丈夫だから……」

自分でも、何を言っているのかわからなかった。ただ、何もかもが最悪の展開を迎えていることだけはわかった。

「はあ？　大丈夫なわけないだろうが。俺はプレイでもなけりゃ、無理やりする趣味はねえよ」

「で、でも。ここでしなかったら、わ、別れるよね？」

喉《のど》に涙がからんで、上手く話せない。真也は異界の生き物でも見るような目で、こちらを見つめている。再び涙が溢れ、視界がぼやけた時、「バカか」と吐き捨てるような声がした。

びくっと震えた総は、掴んでいた手を離す。その手首を、今度は真也が握り返した。引き寄せられ、気づいた時には彼の胸の中で抱きしめられていた。鼻先に、彼の吸っている煙草の匂いが香る。

「……っう？」

「一度ヤラせないだけで別れるとか、どんな鬼畜だ、俺は」

「う、え？」

腰の辺りを、ポンポンとあやすように軽く叩かれた。「悪かった」と、耳元で男が小さく囁くのが聞こえる。

「気づかなくて悪かったよ。デートの前にシャワー浴びてくるし、ここに来るまで表情が変わらなかったから、捌《さば》けてるんだと思ったが。怖かったんだな」

怖かった。そのことに、真也が気づいてくれた。ホッとしたら、涙が止まらなくなった。ぎゅっと真也の身体にしがみつく。

「……う、っ、シャワーは……バイトで汗かいたから、だから」

他意なんてなかった。わかってるよ、と真也が総の濡《ぬ》れた身体をポンポンと叩いた。

「お前、思ってた以上にガキなんだなあ」

感心したように言われて、恥ずかしかった。

「ご、ごめ……なさ……っ」

「謝るなって。俺が悪かった。考えなしだったよ。初回にホテルはまずかったな」

それはどこか面白がるような声で、相手が怒っていないことに安堵《あんど》する。

「少しずつ行くか。けど、俺と付き合うって言ったからには、セックスレスってのは無理だぞ。……そんなあからさまに怯えるなよ。今すぐどうこうって話じゃない」

腕の中で身を強張《こわば》らせる総に、真也は優しく付け加えた。

「いつかは抱くぞって話。初めては、俺がいいって言ったよな？　これから気持ちをちょっとずつ慣らして、お前がラブホに来ても萎《な》えないくらい大丈夫になったら、その時抱いてやる」

これから。今日で終わりではないのだ。

「……うん」

うなずくと、真也はまた子供をあやすように総の身体を軽く叩いて腕を離した。

「もう一回、ちゃんと温まってきな。ゆっくりでいいから」

昼の端で微笑んで、真也はバスルームを出て行った。ドアが閉まり、一人だけになったバスルームでぼんやりする。

泣いたせいか、頭の芯《しん》がぼうっとしていて、上手く物を考えられない。温まってと真也に言われたことを思い出し、シャワーの温度を上げて頭からお湯を浴びた。じわじわと冷えた身体が温まると、緊張がほどけたせいだろうか、疲れと眠気に襲われた。

そっとバスルームを出ると、真也はシャワーを浴びる前と同じくソファの上でテレビを見ながら煙草を吸っていた。

急いで服を着る。ソファの近くまで行くと、真也はゆっくりと視線をこちらに向けた。

「じゃ、今日は帰るか」

先ほどの冷たい口調ではなく、優しい声にホッとする。一方で、何もしないで帰ることが申し訳なかった。

「……本当にすみません。俺、食事もカクテルも奢ってもらったのに。あの、ホテル代は俺が払います」

財布を出そうとすると、頭に軽くチョップを食らわされた。

「あのな、俺らは援交してんじゃねえんだよ。ヤるために飯を奢ったわけじゃない。いいから、変な気をつかうな」

「はい……」

「けどまあ、少しずつ慣れてもらわないと困るけどな」

総はしゅんと肩を落とした。

「どうすれば、いいんだろう」

「だから、慣れればいいんじゃないか？」

真也は言うなり総の頬に触れた。驚いて顔を上げると、そこに男らしい美貌《びぼう》が降りてくる。軽く合わせるだけのキスをされた。

「な……」

「おー、これだけで赤くなるか」

今時珍しいな、と感心したように言われ、総は相手を睨んだ。

「悪かったな」

「いや、悪くないぜ？　たまにはこういうのも面白い」

からかうように言い、真也はもう一度、総の唇に軽いキスをした。

「一回目よりは、平気だろう？」

「うん……」

小さくうなずくと、真也はさらに顔を寄せる。だが今度は唇ではなく額にキスをされた。反射的に唇を出していた総は、肩透かしを食らう。真也はそれにちょっと意地悪く笑って、「じゃあ出るぞ」と部屋の入り口へ向かった。

「……性格悪い」

わざとフェイントをかけたのだ。

「何を今さら」

総の呟きを、真也は軽くいなして笑った。

室内でチェックアウトを済ませ、ホテルを出る。タクシーで送るというのを、まだ電車があるからと断って、駅に向かった。

「また連絡する」

別れ際に言って、真也はまた軽く唇にキスをした。掠《かす》めるようなキスだったが、こんな路上で、と慌ててしまう。そんな総をまた面白そうに眺めてから、真也は踵を返した。

大通りに向かって歩いて行くから、タクシーを拾うのだろう。このまま帰るのか、それとも別の誰かのところへ行くのか。

(俺には関係ない)

モヤモヤとした思いがこみ上げてきて、振り払うようにして総も駅に向かった。他に男がいようと、自分には関係ない。わかっていて始めたのだ。

（そのうち本気にさせて、捨ててやるから）

心の中で呟いてみる。けれどその決意が実現するとは、総自身もまるで信じられなかった。


翌週のはじめ、また真也からデートの誘いがあった。今回も土曜日の夕方だ。承諾の返事をするまでに一日かかった。

初めてのデートは緊張したし、ホテルでは散々だったが、それでも振り返ってみれば楽しかった。遊び慣れた真也がエスコートしてくれるのだから、きっと次のデートも楽しいだろう。

真也との時間をめいっぱい楽しんで、またキスをされて。それで本当に復讐は完遂できるのか。今リタイアすれば、まだミチルに打ち明けても、ゲンコツ一つで許してもらえる。

だがこのまま終わったら、真也に傷一つ残せない。総の存在だって、すぐに忘れられてしまうだろう。そう考えると途端に焦りがこみ上げてきて、総はメールの返事を送ってしまった。

二週連続で土曜日の夜に出かける、と言うと、光は好奇に満ちた目を向けた。そのままミチルにも言いそうな雰囲気だったので、必死で頼みこんだ。

「お願い。ミチルには絶対に言わないで」

光は胡乱《うろん》そうな目でこちらを見たが「わかった」とうなずいた。

「弟と息子の修羅場はイヤよ」

だがすぐにそんなことを言われて、どきりとする。光には何も話していない。ミチルから真也の話を聞いているかもしれないが、総が繋《つな》がっていることは誰も知らないはずだ。

「後でちゃんと、ミチルにも言う。でも今はだめなんだ」

光はしばしの間、総の顔を見つめ、やがて二日ほど風呂に入っていない頭をボリボリ掻《か》きながら「あっそ」と言った。

「変なことに巻き込まれたら、黙ってないですぐ親に言いなさいよ。ガキの浅知恵で解決しようとすると、ろくなことにならないから」

これは昔から、ことあるごとに言われてきたセリフだった。何か困ったことがあったら相談しなさいという、口の悪い母の言いまわしだ。

「うん。ありがと」

それからデートの当日までは、なるべく真也のことを考えないようにして過ごした。あれこれ考えても、彼を本気にさせる手段を思いつかないからだ。

土曜日、また少しだけ頑張ってお洒落をして、待ち合わせ場所がある地下鉄の駅に向かった。今日もまた真也が先に来ていて、周りの視線を集めている。

総に気づくと軽く会釈をし、「行くか」と歩き出した。今日はどこに行くのだろう。事前には何も聞かされていない。

「お前の場合はムーディーな場所より、楽しい場所の方がいいかと思ってな」

こちらが何も尋ねないうちから、真也が言う。地下鉄駅前の大通りに面したビルの二階に入っていった。

ビルの入り口には店の名前しかなかったが、二階に上がるとすぐ、テーマパークのアトラクション受付のようなカウンターがあり、濃い舞台メイクのスタッフが二人、出迎えてくれた。

どちらもメイクと派手な和装のせいか、男女の判別がつかない。真也が名前を言い、「ご案内しまーす」と上がった声は男のようにも思えたが、よくわからなかった。

薄暗いロビーは遊園地のアトラクション会場そのもので、大勢の客でごった返している。ロビー奥のフロアに入ると、目の前に大きな舞台があった。

「ショーレストランなんだ。ダンスや歌劇を見ながら食事をする」

舞台の前に並ぶテーブル席に案内されると、真也はそう説明してくれた。遊郭をモチーフにしていて、ニューハーフ、男や女のダンサーたちがショーを見せてくれるという。

店はかなり広く、二階席もあるようだ。客は色々で、カップルからグループ客、観光客とおぼしき団体や外国人グループもちらほらいた。

「俺、こういうの初めて」

今度、友達に自慢しよう。キョロキョロと辺りを見回してははしゃいだ声を上げると、真也も笑った。

「喜んでもらえたんなら、よかった」

料理のメニューは少し高めの居酒屋ダイニングといったラインナップで、二人で適当に好きな料理を選んだ。

「他の人とも、こういうところによく来るの?」

真也はこの店にも来たことがあるようだったから、なんとはなしに尋ねた。口にしてから、他の相手のことを聞くのはルール違反だろうかと心配になる。だが真也はあまり気にした様子はなく、「いや」と肩をすくめた。

「他の奴とは、あまりデートっぽいことはしないからな。ここは仕事相手と、接待を兼ねて何度か来たことがあるだけだ」

　仕事相手、と総は口の中で繰り返した。そういえば、真也は普段何をしているのだろう。身につけている服も小物も、さりげなく金がかかっている。サラリーマンには見えないが、あのまったりしたバーの収入だけで贅沢《ぜいたく》な暮らしができるとは思えない。

「真也さんて、『ヴェロッサ』以外にも仕事してるんだ」

「あの店は趣味でやってるんだ。仕事のうちにならないよ。いちおう、アヤシイ会社を経営してる」

　真也はジャケットの内ポケットから名刺入れを取り出し、中から名刺を一枚抜き取って総にくれた。

　名刺には聞きなれない横文字の社名と、ローマ字を基調にした洒落たロゴがあり、真也の肩書は代表取締役社長となっていた。会社の所在地は『ヴェロッサ』の近くで、それ以上のことはわからない。

「アヤシイ会社……」

　咄嗟《とっさ》に、アダルトビデオが頭の中に浮かんだ。それを見透かすように、「エロ関係じゃないぞ」と真也が苦笑する。

「インターネット広告事業っていうのかな。効率的に広告を見てもらえるようにしたり、検索サイトで上位にヒットするようにするSEO対策とか、サイトを作ってる企業に提案したり、実際にサイトを改変したりして、金をもらう。カッコよく言えばコンサルタントかな」

「すごいね」

総はインターネットのことは詳しくないが、IT関連というとなんだか専門職っぽく聞こえてカッコいい。

「いや、ぜんぜんすごくない。それに専門的なことは別の奴がやってるんだ。俺の仕事は客を引っ張ってくるだけ。固定客がついたから、それもほとんど営業の奴に任せてるし。最近は不動産を転がしててな。そっちの方が忙しい」

ＩＴ業界は変化が目まぐるしく、商売の浮き沈みも激しい。億単位の年商を上げていた事業が数年で立ち行かなくなることも珍しくない。そのため、今から別の事業を立ち上げているのだそうだ。

「こういうぽっと出の社長は世間にいっぱいいるぞ。年収何千万とか言って派手に遊んでいて、しばらくしたら消えてる。お前も、騙《だま》されてついていくなよ？　俺だって今は趣味でバーなんてやってるけど、数年後はどうなってるかわからないからな」

実際に浮き沈みを見てきたのだろう。真也の言葉には妙に実感がこもっていて、総は神妙にうなずいた。

「うん。俺、安定と堅実を目指してるから。公務員志望なんだ」

「それはまた。確かに堅実だな」

意外そうな顔をする。友達にも似合わないと言われたが、総は大学に入る前から公務員志望だった。

「うち、母親が漫画家で、ミチルはイラストレーターなんだ」

真也が知っている、というようにうなずいた。

「今は二人ともちゃんと仕事があって、俺も大学まで行かせてもらってるけど、なんの保証もない世界だって言ってる。うちは片親だし、ミチルもこの先パートナーが見つかっても、子供はむずかしいだろうし。二人の老後は俺が引き受けることになるだろうから、安定した職業の方がいいかなって」

母やミチルには言っていない。自分たちのために仕事を決めたなどと言ったら、逆にふざけんなとぶっ飛ばされてしまう。ミチルは泣くかもしれない。だからこれから先も、志望動機は言わないつもりだ。

「家族思いなんだな」

向かいの席からこちらを見る目は優しくて、気恥ずかしくなった。

「どうかな。他にやりたいこともないし。出版社の編集の仕事に興味があったけど、母親みたいな人たちと仕事するんだって思ったら、ちょっとうんざりしちゃって」

真也はそれに声を上げて笑った。

「いいんじゃないか。目指すものがちゃんとあるんだから。俺なんか、なんとなく入れそうな会社ってだけで就職したしな。結局三年で辞めたし」

彼にもサラリーマン経験があったのか。真也が会社勤めをしている姿は、ちょっと想像がつかない。

どんな会社に勤めていたのか尋ねようとしたが、その前にフロアの照明が暗くなって、ショーが始まった。和装をアレンジしたセクシーで際どいコスチュームのダンサーたちが激しい群舞を見せ、ポールダンスやマジックショーと目まぐるしく舞台が変わる。

食事をしながら、ということだったが、ショーに集中していると、食事をするのを忘れてしまう。あっという間に一部のプログラムが終わり、フロアが再び明るくなった。二部までの間、三十分ほどのインターバルとなる。

「すごい。面白かったね！」

総は拍手をしながら興奮気味だったが、振り返った真也は拍手を送りながらも「そうだな」と控えめな微笑みを浮かべていた。

その温度差に、はしゃいでいる自分が恥ずかしくなる。

「ごめん。一人で興奮してた」

「なんで？　嬉しいよ。男はカッコつけてエスコートしたがるからな。連れて行った場所で相手が本気で喜んでくれるのが、一番嬉しいんだ」

子犬を見るように、目元を細めて笑みを深くする。皮肉でもなんでもない、真也も本当に嬉しいと思っているのがわかって、じわじわと胸が温かくなった。

料理を食べ、演目について話しているうちに二部が始まる。後半は殺陣《たて》を主軸にした芝居の他に、漫才まであって大いに興奮し笑った。

派手なカーテンコールの後、キャストたちがフロアを挨拶して回る。一人のキャストが真也を見て、「あ」という顔をした。軽く会釈をして近づいてくる。

「来てくださってたんですね」

一部と二部を通して、メインで出場していたキャストだ。きっとここの花形なのだろう。舞台でも一際華やかでダンスも群を抜いていたが、近くで見ても綺麗だった。だが、喋っているのを聞いても性別がわからない。

「今日はずいぶんと、可愛い方を連れてらっしゃいますね」

婀娜《あだ》っぽい微笑みで会釈をされ、総も慌てて頭を下げる。こちらを見る目が、『ヴェロッサ』のオネエ様たちに似ていて、このキャストが元は「彼」なのだと気づく。

「あの、こういうダンスショーは初めて見たんですけど、すごく面白かったです」

照れながら感想を言うと、彼はちょっと目を瞠《みは》ってから、「ありがとうございます」と相好を崩した。

「素敵な方じゃないですか。学生さん？」

「大学二年です」

「お若いですねえ」

こんな美人にあれこれ話しかけられるのは初めてだ。男だとわかると逆にドキドキして、照れ臭さにうつむくと、「可愛い」と甘い声で言われた。

「おい、ちょっかい出すなよ。いちおう、今は俺のなんだから」

向かいで静観していた真也が、のんびりした口調で言う。俺の、と言われてどきりとしたが、いちおうってなんだよと思い直した。キャストの彼も呆れたような顔をする。

「相変わらず、言葉が雑ですね」

また来てくださいね、と総ににこやかに言って、彼は次のテーブルに移って行った。

真也が会計を済ませ、二人で店を出る。

ちょっとゆっくりするか、と言って、真也は近くの喫茶店に入った。さっきまで息もつけないくらいのショーを見ていたから、コーヒーを飲むとほっと身体の力が抜けた。

「さっきの奴、うちの会社の元バイトなんだ。ダンサーやりながらバイトしてたんだが、今はあの店で一番の人気キャストだ」

元々はプロ志望のバレエダンサーで、怪我《けが》で留学を諦めてからも、地道にダンスを続けていたという。

「すごいな」

感嘆すると、真也も「だよな」とうなずいた。

「大変だろうけど。ああいう真っ直ぐなのは、ちょっと羨《うらや》ましいな」

「真也さんも、そんなふうに思うんだ」

事業も成功して、プライベートでも引く手あまたなのに、誰かを羨ましいと思うのか。驚いていると、真也は苦笑した。

「俺は目標もないまま、なんとなく生きてきたからな。目指すものがある奴が羨ましいんだよ」

なんとなく、で仕事が成功するものだろうか。もっと彼のことを知りたいと思ったが、煙草の煙をくゆらせる彼の目に陰があって、それ以上聞くのをためらわれた。

「あの人、真也さんの彼氏の一人じゃないんだ」

かわりに違う質問を投げかける。すごく美人だったから、そうなのかなと思っていた。

率直に考えを述べると、真也も困ったように笑った。

「それはないな。俺もあいつも、タチしかできないし」

雇用主とアルバイトだったから、とかいう理由ではなく、本人同士の趣味嗜好《しこう》が合わないから関係を持たない、というのが真也らしい。

「真也さんて、何股《なんまた》くらいかけてるの？」

尋ねると、真也は面食らったような顔をした。

「そういうこと、付き合ってる奴に聞くか？」

「でも、浮気するんでしょう。店でも、来る者拒まずのヤリチンだって評判だし」

総だって、自分以外に付き合っている相手がいるというのは、いい気持ちではない。たとえこれが復讐を目的とした芝居で、総の立場で真也の節操などとやかく言えないとしても、だ。

先ほどのダンサーとの仲を疑っていた時も、胸がモヤモヤしていた。最初のデートでも、この後に誰か別の男と会うのではないかと考えて、嫌な気持ちになったのだ。

一緒にいると、真也は優しくて、自分のことなどなんとも思っていないとわかっていても、錯覚してしまいそうになる。

はっきりわからないとモヤモヤしたままなので、いっそ聞いてしまおうと思ったのだ。

「どれくらいヤリチンなのかなって」

本心は隠して、あくまでも好奇心を装って聞いてみる。

「お前は、捌けてるのか捌けてないのかわからねえな。こんなとこでヤリチン連呼するなよ」

「でも否定はできないだろ」

「まあな。どれくらいって、よくわかんねえよ。こっちの人間は相手を決めずに身体だけって、俺みたいな奴も珍しくないからな。真面目に自分とだけ付き合ってくれって言われたら断るが、それ以外で自分の好みに合えば、あんまり断らないな。だから、何股ってわけでもない。今、お前以外に定期的に会ってる奴は……二人かな」

本当に来る者拒まずなのだ。そして改めて、総の他にもこうしてデートをしている相手がいるのだと知らされ、複雑な気持ちになった。しかも二人。定期的にと前置きしたということは、おそらく他にもその場限りの相手がいる。

「性欲強いんだね」

はっきりわかればモヤモヤしないと思っていたのに、余計に嫌な気持ちになった。だが自分は、そんなことを言える立場ではないし、別に真也のことを好きなわけでもない。

仕方なく、コーヒーを飲みながら短い感想を漏らす。真也は言葉に詰まったようにぐっと息を呑《の》んで、それから気まずそうなため息をついた。

「まあな。弱くはないな」

「ごめん。別に非難するつもりはないんだ」

こういう話題に強い相手が珍しく困った顔をするので、総は慌てて謝った。総の目的は彼の品行を正すことではない。別に何股かけようが、構わないのに。

（いや、俺に本気にさせるんだから、構うのか？）

よくわからなくなってしまった。真也も返答に詰まったのか、黙ったまま新しい煙草に火を点ける。一つ煙を吐いて、口を開いた。

「そういえば、ミチルは元気にやってるのか」

不意に出てきた名前に、どきりとした。最初に総が呼び出して以来、真也の口からミチルの名前が出たことはなかった。

「うん。最初は死ぬほど落ち込んで、ご飯も食べられないくらいだったけど。今は少し元気が出て、仕事してる」

その落ち込んだ叔父を踏み台にして、総は真也と付き合っている設定なのだ。本当なら、ミチルがどれだけ傷ついて沈んでいたか、話して聞かせたいところだ。

けれど今の今まで、芝居を忘れてデートを楽しんでいた自分を思い出し、いたたまれなくなった。

「そうか」

煙とともに短く吐き出した口調からは、彼が何を思っているのか窺えなかった。

「あの、俺が言えたことじゃないけど。ミチル、すごく悲しんでたんだ。バイトもクビになって落ち込んでた。始まりはどうか知らないけど、本気で真也さんのこと好きだったんだよ」

それだけは言っておきたい。だが真也は唇の端を歪めて、「確かに、お前に言えたことじゃねえな」と呟いた。

総は何も言い返すことができず、顔をうつむける。

「まあ俺も、迂闊《うかつ》だったんだけどな。あと、バイトはクビになんかしてないぞ」

真也が言う。総ははっと顔を上げた。

「別れる前に言い合いになったが、クビだなんて言った覚えはない」

「ミチルの勘違いってこと？」

「だろうな。まあ俺も、こんなことになったから、バイトは無理かなと思ってたよ。人手が足りないから、向こうがよければ来てほしいんだけどな」

「それは、無理だと思う」

あんなにどん底まで悲しんでいたのだ。総が言うと、真也も「だよな」と自嘲した。

「最初は、彼氏に振られて寂しいって泣いてたから、慰めたんだ。その後もノンケに粉かけて上手くいかなかったとか、誰それに告白しようとしたらもう彼がいたとか、愚痴聞いたり飲んだりするのが習慣になった」

飲んでその後、寝るのも習慣になったらしい。

「彼氏もいないし、家で仕事して外に出る機会がないって言うんで、うちの店のバイトに誘った。ちょうど人手も欲しいところだったしな。俺が店に出た日は終わった後に飲んで、ヤるのが当たり前みたいになって……そういえば、その頃から恋愛の愚痴を聞かなくなったな」

状況が見えてきて、総は深いため息をついた。

ミチルも最初のうちは、ただ慰めてもらうつもりで抱かれていたのだろう。けれど本気になってしまった。真也の店にバイトに入って二年。その間、真也が店に出た時には、いつも一緒に過ごすようになった。真也が節操のない男だと知りつつも、付き合っていると思うようになったのも無理もない。

けれど真也は真也だった。たとえ二年も関係が続こうと、ミチルとの関係は慰めの延長に過ぎなかったのだ。

　愚痴を聞いてやって慰めにセックスして、引きこもって腐ると言われればバイトに誘ってやる。あるいはミチルのことは大事な友達だと思っていたのかもしれない。

「いちおう、ミチルのことは大事にしてくれてたんだ」

　ヤるだけのクズだと思っていたが、真也は真也なりに、ミチルに気持ちを傾けていた。それはミチルの望む感情ではなかったが。

「別に、特別大事にしてたわけじゃないけどな。友達だとは、思ってた」

　ぽつりと漏れた最後の声に、苦いものが混じっていて、彼も少しは後悔しているのだろうかと考える。

「付き合いが長いから、俺の性格もわかってるだろうって、高を括ってたのかもな。お前の叔父さんには、悪いことをしたと思ってるよ」

　謝られて、どんな反応をしたらよいのかわからなかった。自分は真也に思い知らせて、ミチルを振ったことを後悔させるためにここにいるのに、彼はすでに後悔している。

　ミチルが傷ついたのと同じくらいに真也を傷つけてやりたかったのに、真也と親しくなって彼の気持ちを聞いてしまった今、彼が傷つくのを見たくないと思っている自分がいる。

「そろそろ出るか」

冷めたコーヒーを飲み終えると、気まずい沈黙を破るように真也が言った。二人で席を立つ。

店の前の細い路地は、駅前にもかかわらず人通りが少なかった。駅に向かって歩き出した真也は、不意に総の手首を掴んで引き寄せると、ビルとビルの間にするりと入り込んだ。総が何事かと声を上げるより前に、総の腰を抱き寄せてキスをする。

最初のデートの時の、触れ合うだけのそれよりも、深く長いキスだった。

「うう……ん」

呼吸を忘れ、苦しさにもがくと、一度唇が離される。喘《あえ》ぐように呼吸をする総の唇を真也が再び塞《ふさ》いだ。

二度目には唇を割って、舌が入り込んでくる。粘膜を舌先でしつこく嬲《なぶ》られ、下半身が緩く兆すのを感じた。

困惑して顔を離そうとしたが、強く顎《あご》を捉《とら》えられて動けない。ぐっと腰を引き寄せられた。総と同じく、彼のものが硬くなりかけているのに気づき、はっとする。

身を強張らせた総に、真也はわずかに目を細め、ようやく顔を離した。総の濡れた唇を拭《ぬぐ》うと、冷たい微笑を浮かべる。

「今日はそういうことしてなかったからな。前のより、くるだろ？」

総の反応を窺うように、じっと見つめる。その視線に耐えきれず顔をうつむけると、顎を取って乱暴に上向かせた。

「俺が最初に言ったこと、覚えてるか？」

「……え？」

「誰か一人と真面目に恋愛して、付き合うことはない。お前とこういうことになっても、俺は他の男を抱いてるし、この先もそれは変わらない」

わかっている。それでもいいから付き合ってくれと言ったのは総なのだ。

「俺はこういう男だ。それでもこのまま、付き合い続けるか？」

切れ長の目がじっとこちらを見据えている。逸《そ》らすことは許されない。

真也と嘘《うそ》の関係を始めてから、ずっと後悔し迷っていた。この男を本気にさせる自信なんて、まったくない。この先も彼は変わらない。総の薄っぺらい復讐なんて、叶《かな》うはずがないのだ。

もう無理だ、付き合いをやめる。そう言えば、彼との関係を清算できる。さあ言え、と総は自分をけしかける。

「付き、合う」

なのに口から漏れた言葉は、まったく反対の答えだった。言ってしまった。どうして。

呆然《ぼうぜん》とする総の唇を、真也の指先がするりと撫でた。冷たい目をしたまま、真也は唇の端を歪めるだけの笑みを浮かべた。

「そうか。なら、このまま続行だな」

再び唇が降りてくる。またあのキスをされるのだと思い、首をすくめた。真也はそれを見て一瞬止まり、それからちょん、と軽いキスをした。

「じゃあ、今日は帰るか」

総の手を引いて、狭いビルの隙間《すきま》を出る。真也は電車で帰れるか、と何事もなかったかのように尋ね、大丈夫だと答えると、「じゃあまたな」と駅で別れた。

次もまた真也と会う。会って食事をして、今度はキス以上のことをされるのか。

（どうして、俺）

なぜ自分はあの時、断らなかったのか。復讐なんてできないとわかっているのに。

総は後ろを振り返った。やっぱりやめると言おうか。いや、追いかけてでも今、断るべきだ。

雑踏の中に男の後ろ姿を探す。数十メートル先の交差点に、彼が佇《たたず》んでいるのをすぐに見つけた。遠目でも、彼の立ち姿は目立っている。

その男が不意に手を上げた。自分に手を振っているのだと思い、追いかけようとした時、彼の前にタクシーが滑り込んでくる。真也はその後部座席に乗りこみ、あっという間に見えなくなった。

地下鉄に続く階段口で立ち止まる総に、通行人が迷惑そうな視線を向ける。通りから来た年輩のサラリーマンが、わざと肩をぶつけて去って行った。

総は踵を返し、階段を下りる。自分が何をやっているのか、もはや総自身にもわからなくなっていた。

四

梅雨《つゆ》が終わり七月に入って定期試験があった。総はそこそこ真面目に授業を受けているので、特に焦る科目もなく、ただしさすがにこの時期はバイトや遊びはセーブして、勉強に打ち込んだ。

試験を終え、いくつかのレポートを提出すれば、あとは夏休みだ。

「お前、今月のどこかで一泊できる日はないか？」

定期試験が終わったその日、慰労会だと食事に誘ってくれた真也から、そんなことを言われた。

「え？」

「毎回、こうやって夕方に会って夜には解散だろう。せっかく夏休みなんだ、泊まりがけでデートはどうかと思ってな」

真也とはあれからずっと、毎週のように会っている。さすがに定期試験の前は勉強を優先したが、週に一度は必ず会っていた。

復讐する意味を失い、会う意味もないのに、総は断ることができずにずるずると付き合いを続けていた。

一緒にいると楽しい。いつも新しい場所に連れて行ってくれて、総を飽きさせない。ボウリングやバッティングセンターに行ったり、ビリヤードも教えてもらった。最近ではデートらしいデートではなくなって、普通に男同士で遊んでいる気がする。

総には父がいない。ミチルも叔父というより年の離れた姉のような感覚だったから、年上の同性と遊ぶのは真也が初めてだった。もしかすると自分は、彼に父性のようなものを感じているのかもしれないと思う。

真也の方も、総のことは恋人というより、弟分のように扱うことが多い。そういう時の真也は決して冷たい目で総を見ることはなく、温かくて優しい。

デートの最後には必ずキスをされるが、今のところそれ以上は進んでいなかった。だからずっと、このままでいられるような気がしていたのだ。

「お前といると、普通に遊んで終わるんだよな。そろそろ飽きてきた」

ビールを飲みながら、真也が言う。飽きてきた、という言葉が深く心に刺さった。総はいつも、とても楽しかったけれど、大人で遊び慣れた彼にとっては、退屈な時間だったのだろう。

「……そうだよね。ごめん」

　肩を落とす総に、真也ははっとした表情になり、「いや」と口ごもった。気まずそうに手元のライターを弄る。

「飽きたっていうのは言葉のアヤだ。お前と遊ぶのは楽しいよ。けど、普通に楽しんで終わって、色っぽい雰囲気にならないからな」

　それで、泊まりがけのデートをするというのだ。

「お前だって、このままずっと未経験ってわけにはいかないだろう？」

　初めては真也がいい、と総自身が最初に言ったのだ。こんなふうに聞かれたら、否定することはできない。

「う、ん……」

「なんだよ。乗り気じゃねえな。いいだろう？　近場の温泉でも行って」

　そこでとうとう、彼に抱かれるのか。それでいいのか。

　最初のデートの時の、ホテルでの緊張を思い出し、また心臓がバクバクと激しく鳴り出した。温泉と聞くなり固まってしまった総に、真也は呆れた視線を向ける。やがて、手を伸ばして額をピン、と指で弾いた。

「痛いよ」

「しょうがないビビりだな、お前は。いきなり入れたりしねぇよ」

しかし、それで総が安心した顔を見せると、「入るようなら、いきなり入れるけどな」

と、意地の悪い口調で言われた。

「どっちだよ」

真也は普段は優しいけれど、こちらが油断していると途端に意地悪くなる。けれどこういう意地の悪さが、自分は嫌いではないのだと最近になって気がついた。

「ホテルより温泉でまったりの方が、緊張しないと思ったんだけどな。これもハードル高いか」

どうするかな、と考える素振りをする。自分みたいな面倒臭い奴のために、あれこれと考えてお膳立てしようとしてくれる。本当の恋人でもないのに。

真也の優しさが嬉しくて、申し訳なくて、胸がきゅうっと切なくなった。

「うち、来るか」

思案の末、真也は唐突に言った。

「うちって?」

「俺の家だよ。誰もいない場所で二人きり、ってシチュエーションがなかっただろ。外で遊んでばっかりで。心配しなくても、一足飛びにヤッたりしねぇよ。たまには映画でもレンタルして、家でゆっくりするのもいいんじゃないかと思ってな」

真也の家を、当然のことながら総は知らない。大体の場所は聞いたが、それだけだ。どんな部屋なのか、普段どういうふうに過ごしているのか。

行きたい。見てみたいと好奇心が頭をもたげた。目を輝かせる総に、真也はちょっと笑って「どうだ？」と首を傾《かし》げてみせた。

「行く」

即答すると、くしゃりと頭を撫でられた。

「食事は出前でもいいな。たまには引きこもるのも楽しいだろ」

「あのさ。食事、俺が作ったりしたら迷惑かな。すごい料理は作れないんだけど、いつも奢ってもらってるお礼に」

ふと思いついて言った。一緒に遊んでいても、総が財布を取り出すことはない。水族館でお土産《みやげ》を買う時ですら、真也が払ってくれる。自分で出すと言うのだけど、「金はある奴が払えばいいんだよ」と言って聞かない。

何かプレゼントを買ってお返しをしようかと思ったが、総が買えるものなどたかが知れている。趣味でないものをもらっても、真也も扱いに困るだろう。

「出前の方が、美味しいかもしれないけど」

口に出してから、言わない方がよかったかと後悔する。真也はあちこち美味しい店を知っていて、舌も肥えている。そんな人に素人《しろうと》の料理など出しても、お礼にならないだろう。

「お前、料理できんの」

だが真也は迷惑がる素振りは見せず、かわりに意外そうな顔をした。

「いちおう、一通りは。家で食事作ってるの、俺だし」

「へえ。意外だな。じゃあ、お願いしようか」

それで、「お泊まりデート」が決まった。その日は普通に食事だけして別れ、最後にキスすらしなかったが、浮かれていた総がそのことに気づいたのは、家に帰ってからだった。

真也の家に行く。総が作った料理を二人で食べ、映画を見てだらだらと過ごす。あれこれ想像すると、わくわくした。

バイトのシフトや予定を確認して、メールで七月の終わりと日程を決めた。お互いに二本以上、観たい映画やドラマのブルーレイディスクを借りてくること、という取り決めをした。

総は真也の食べ物の好き嫌いを聞き、ネットでレシピを検索したり、映画の情報をピックアップする。泊まりの荷物をどうするか、頭の中で計画を立てるのが楽しかった。

「明後日《あさって》、友達の家に泊まるから」

二日前になって、母にそう言った。総の作った夕飯を黙々と食べていた光は、「ふうん」と気のない返事をする。それから、

「それも、ミチルには内緒にするの」

と聞いてきた。咄嗟に誤魔化すことができず、ぎくりと身体を強張らせる。光はそれを見て、ため息をついた。

「まあいいけどさ。ミチルも新しい彼氏ができたみたいだから、総のこと構ってる余裕ないだろうし」

「え、そうなの？」

初めて聞く話に驚き、ショックを受けた。先週、家に食事をしに来た時も、そんな話はしていなかったのに。

「あんたが、不自然に学校の話とかミチルの仕事の話ばっかり振るからよ。言い出しにくかったんでしょ」

「俺、不自然だった？」

ミチルの顔を見るたびに罪悪感を覚えていた。彼の目を盗んで、ずっと真也と会い続けている。自分の狡《ずる》さを認めたくなくて、復讐だと自分に言い聞かせているだけだ。

後ろめたくて、ミチルが家に来るとそわそわした。日に日に元気になっていく叔父に安

堵するものの、ミチルのプライベートに触れられずにいた。

「不自然だったね。あんたは嘘ついたり後ろめたいことがあると、すぐ態度に出るのよ。まあ、ミチルはミチルで色ボケしてるみたいだから、気づいてないかもしれないけどさ」

ミチルに恋人ができた。ぐずぐずと泣いていた彼は、気持ちを切り替えて前を向き始めたのだ。それならもう、総の復讐は口実にすらならない。

「明後日。出かける前に食事作り置きしてってって」

何も言えなくなった総に、光はそれだけ言って話を終わりにした。

「うん」

もう、真也と会うのはやめるべきだ。総が今、やっぱりやめたと言っても、真也は怒って引きとめたりはしない。きっと、ああそうかと呆れたような、苛立った声が返ってくるだけだ。

わかっているのに、自分を止められない。

二日後、真也との約束の日、総は朝早く起きて料理を始めた。食材は前日に買っておいた。多めに作ってタッパーに分け、量の少ない方は光のために冷蔵庫に入れる。

残りの料理を入れたタッパーといくらかの食材、それに外泊の荷物を持って、昼過ぎに家を出た。

電車に乗って真也の家に向かいながら、これから真也の家で何が起こるのか、想像してみる。

キスだけで停滞していた関係を、先に進めると真也は言っていた。いきなり最後まではしない。でも、もうキスだけでは済まない。

不毛だとわかっているこの関係を、いつまで、どこに行くまで続けるつもりなのか。自問しても、答えは見つからなかった。いや、見つけたくなかった。

「よ。いらっしゃい」

真也の部屋に着き、インターホンを押すと、間もなく彼が顔を出した。

彼の住まいは、『ヴェロッサ』から徒歩数分の場所にあるマンションだった。いささか年季の入った建物だったが、定期的にリフォームしているのか、エントランスからエレベーターにかけては古さを感じない。

「大荷物だな」

玄関先でぺこりと頭を下げた総を見て、真也がからかう口調で言う。

家でまったりするだけだから、着替えも最低限しか必要ないのだが、迷っているうちに荷物が増えてしまった。大きなスポーツバッグを肩にかけ、両手に食材と料理の紙袋を下げることになった。

真也の方は、Tシャツにジーンズというラフな格好だ。ジーンズの裾《すそ》をくるぶしまで折り込んで、長めの髪を後ろで結んでいた。Tシャツが水で濡れている。

「風呂を掃除してたんだ。しばらくしてなかったから」

総の視線に気づいたのか、真也が濡れたTシャツをつまんで言った。外で会う時の彼は生活感をまるで感じさせなかったから、風呂掃除をしているというのが意外だった。

「真也さんも、風呂掃除なんてするんだ」

「そりゃするだろ。風呂もトイレも掃除するさ」

どうぞ、と促されて、部屋の中に入る。室内もリフォーム済みなのか、壁紙などが真新しく清潔な印象を受けた。廊下を抜けると、広いLDKに当たる。

何もない部屋だな、というのが第一印象だった。家具は十分に揃っている。ダイニングテーブルと、リビングには大きなソファと大画面のテレビ。だがそれ以上の余分なものはない。モデルルームのような、生活感のない室内だった。

もっと言えば殺風景だ。生活をしていればちょっとした小物、ペンだのテレビのリモコンだのが転がっているものなのに、不自然なくらいすっきりと片づいている。

「部屋、すごく綺麗だね」

内心で殺風景な部屋に戸惑いながら感想を言うと、真也が「何もないだろ」と心の内を代弁してくれた。

「掃除が面倒で物を置かないようにしてたら、こんなふうになった。いちおう今日は、掃除機だけはかけたけどな」

コーヒーを淹れるというので、一緒にキッチンに行き、冷蔵庫に食材をしまわせてもらった。

「なんだ、もう調理してあるのか？」

「下ごしらえだけ。どれくらい器具とか調味料が揃ってるか、見てみないとわからないし」

鍋などは一式揃っていると言っていたが、一度も入ったことのないキッチンで料理をするのは不安だった。

「別に、そんなに料理にうるさくないぞ。人が作ってくれたものに、ケチをつけたりしない」

「そうだけどさ。でもやっぱり初めて食べさせる時は、緊張するんだよ。今まで、家族にしか食べさせたことなかったし」

お弁当のおかずを友達にあげるくらいはあったが、料理を振る舞うのは初めてだ。自分で作ると言っておいて情けないが、人様に通用するものなのか、不安だった。

「それはますます、楽しみだな」

不安だと言うと逆に、真也は楽しそうな顔をする。相変わらずひねくれてるな、と睨むと、何を思ったのか総の首筋に鼻先を寄せて、すんと匂いを嗅《か》いだ。

「いい匂いがする。シャワー浴びてきたのか」

真横で笑う男は強烈な色香を放っていて、総は焦って後ろに飛び退《の》いた。

「違、これは、汗をかいたからで」

いつぞやのように誤解されてはたまらない。モゴモゴとうろたえながら言い訳をしたが、真也はそんな総を見て声を立てて笑った。

「顔が真っ赤だな」

からかわれているのだと、その時ようやく気づいた。

「真也さんて、本当に性格悪い」

総が文句を言うと、ますます楽しそうな顔をした。真也は一緒にいるとたまに、こうして総をからかって遊ぶことがある。子供扱いされているなと思うし、不貞腐れてみるけれど、本当のところは、総もこういうやり取りが嫌ではなかった。

真也がコーヒーを淹れてくれて、リビングに移動する。彼は映画鑑賞のために、スナック菓子やペットボトルを用意していた。

しかしいざ、テレビをつけてブルーレイディスクをセットしようとして、プレイヤーのコントローラーがないことに気づく。

「どこにしまったっけな」

真也は呟きながらリビングの収納をあちこち探し、やがて随分と奥まった場所からコントローラーを探し出した。

「前に掃除をした時に、片づけたんだった」

「普段は映画とか見ないの？」

テレビは大画面で、ブルーレイプレイヤーの他に、スピーカーまでついている。ちょっとしたホームシアターと呼べるくらいだが、コントローラーを操作する真也は、使い慣れていない印象だった。

「観たい映画があったから、プレイヤーを買ったんだ。一、二回使ったかな」

それきり使っていないという。総もドラマや映画を積極的に見るタイプではないので、そんなものかなと思うが、生活空間そのものにあまり興味がないように思えた。

先ほどのキッチンにしてもそうだ。水回りもガスコンロも、リフォームしてあるのか最新式なのに、ろくに使った形跡がない。食器も調理器具も調っているが、新品同様だ。

古くて安っぽいコーヒーメーカーだけが唯一、頻繁に使われているようで、欠けたプラスチックの部品を丁寧にテーピングして補修してあるのが印象的だった。

「他の人は、テレビ見たりしないの」

自分以外にこの部屋を訪れたであろう、真也の恋人たちを想像してみる。ドラマなんて見ずに、みんな寝室に直行したのだろうか。リビングの奥にある真也の寝室に、何人の男が入ったのかと考えて、気持ちが萎《しぼ》む。

だがブルーレイのコントローラーを弄っていた真也は、操作に集中していたのか、怪訝《けげん》そうな声を出した。

「他の人?」

「他に……俺以外に、ここに来る人」

セフレとか恋人という言葉は口にしたくなくて、遠回しに言う。真也は「ああ」と気の抜けた返事をする。しばらく沈黙が続く。テレビのチャンネルが切り替わって、映画の導入部分が始まると、真也は再び口を開いた。

「他の奴は……ここには来ないからな」

別のことに集中しているような、心ここにあらずといった声だった。それは珍しいことだったから、思わずソファの隣を振り返る。真也は無表情のまま、ただテレビ画面を見つめていた。

「大体、外か相手の家で会う。……うちに来ても、どうせ何もない」

相手の家の方が、居心地がいいということだろうか。

「殺風景だけど、ここも居心地は悪くないよ」

真也が途方に暮れているように見えて、総は思わずフォローをしていた。居心地が悪くないというのは、嘘ではない。二人きりになったら、もっと緊張して落ち着かないと思っていたのに、コーヒーの香りが気持ちを和らげてくれるのか、ソファに座ると眠くなるような心地良さを感じた。

「なんだそれは。フォローのつもりか？」

総の唐突な言葉に、真也は一瞬ぽかんとしていたが、やがておかしそうに総の頭をぐりぐりとかき回した。痛いよ、と総は顔をしかめる。だが、本当は痛くなんかなかった。真也のその表情が今までと違っていて、どきりとした。

優しくて甘いけれど、それだけではない。屈託なく笑う彼を、初めて見る。

「真也さん て……」

「ほら、始まったぞ」

口を開きかけた途端に遮られ、何を言おうとしたのか忘れてしまった。

最初に見たのは、シリーズになっているアクション映画の一作目だった。よくあるストーリーだと思いながら見ていたのに、思いのほか面白く、引き込まれてしまった。真也も面白かったようで、二時間の映画が終わると、このまま続編を見ようかという話になった。まだ夕飯までには時間がある。真也がもう一度コーヒーを淹れ、続編の再生を始める。少しも色っぽい雰囲気にならないな、と思いながら、総はこの時間を楽しんでいた。デートというにはまったりした、友人同士のような気の抜けた空気が落ち着く。

しかし、落ち着きすぎたのか、続編が途中で中だるみしたせいか、映画の中盤で不意に眠気が襲ってきて、いつの間にかソファの上で寝入ってしまった。

うとうとと心地良い微睡《まどろ》みの中、不意に覚醒《かくせい》したのは、髪を優しく撫でられたような気がしたからだ。

ソファのスプリングが軽く上下して、隣にあった温《ぬく》もりが遠ざかる気配がした。そういえば、映画の途中だったっけ、と慌てて重いまぶたを開く。

映画は終盤に差しかかっているようだった。アクションスターとヒロイン役の女優が、何やらいい雰囲気で見つめ合っている。

隣に座っていた真也はいなくなっていて、キッチンの方からふんわりとコーヒーの匂いがした。

先ほど、微睡みの中で髪に触れられた感触を思い出す。優しい手だった。あれは現実だったのだろうか。

もし夢ではないのなら、また触ってほしい。総はそのまま寝たふりをして、真也がコーヒーを淹れて戻ってくるのを待っていた。

コポコポとコーヒーメーカーの立てる音を聞きながら、再びうつらうつらする。だが真也はいつまでも帰ってこなかった。

目を開けて、そっと頭をもたげる。テレビの隣にある木製のラックの前に、真也は立っていた。

何かを手にして、それをじっと眺めている。手の平より少し大きい四角いそれは、写真立てのように見えた。

なんの写真だろう。それを見つめる真也の表情はどこか虚《うつ》ろで、途方に暮れているようにも見える。

いつも余裕のある彼とは、まるで別人のようだった。見てはいけない気がして、総はそっと目を閉じる。しかし眠気は吹き飛んでしまっていた。

半覚醒の時ならともかく、まったく眠くないのに寝たふりをするのは苦手だ。このまま目をつぶっていても、バレてしまう気がする。といって、彼の横顔を眺めていたことが知られるのもバツが悪かった。

どうしよう、と葛藤《かっとう》する中、コトリと何かを置く音と、コーヒーの香りが近づいてきた。

「……総？」

呼びかけられて、目を開くべきか迷ったその時、絶妙なタイミングで玄関のインターホンが鳴った。

はっと目を開ける。近くまで来ていた真也が、怪訝そうに玄関を振り返った。インターホンにカメラはついていない。

「誰だ？」

「宅配？」

尋ねると、寝たふりをしていたのがバレたのだろう。真也は軽く睨んでから微笑み、総の髪をくしゃりと撫でた。

「宅配なんて、滅多に来ないんだが」

来訪に心当たりはないようだ。真也が訝《いぶか》しむように呟いた時、待ちかねたように、再びインターホンが鳴った。さらにドアを激しくドンドンと叩く音がして、総と真也は思わず顔を見合わせた。

真也が足早にインターホンの受話器を取って応じる。相手の声を聞いたのか、眉をひそめた。受話器を置くと総に「そこにいてくれ」と硬い声で言い、玄関へ向かう。

「大丈夫なの？」

「知り合いだ。修羅場になるかもしれないから、そこに隠れてな」

「え」

青ざめる総に「顔出すなよ」と念を押して、玄関へ行ってしまった。ドアが開く音とともに、「真也！」と切羽詰まった声がする。

「……なんでお前が、うちの住所を知ってるんだ」

対して真也の声は硬かった。彼の態度に怯《ひる》んだのか、相手は口ごもっていた。

「会わないって言ったの、考え直してほしくて」

「考え直すも何もないだろう。お前は俺の恋人じゃない。昔も今も、この先もだ」

聞いている方が辛くなるような言葉だった。相手の「ひどい」という呟きに、総も思わず同調してしまう。

「真也、最低」

「否定はしないよ。俺もクズだが、お前もずいぶんな奴だと思うけどな。俺とは浮気だって言ったよな。本命がいるから一度きりだって」

真也がリビングのドアを閉めていかなかったので、玄関先の声が逐一こちらに聞こえてくる。本当に修羅場だった。こんな話を自分が聞いてしまっていいのだろうか。

「だってそう言わないと、真也は寝てくれないだろ」

詰《なじ》るような涙声に、真也の深いため息が被《かぶ》さった。

「お願い。遊びでいいからさ」

「無理だろ。お前、もう本気じゃないか」

冷たい声に、総は自分のことではないのに、ひやりと腹の底が冷たくなった。

「遊びだっていうならルールは守れよ、マドカ。教えてもいない住所を調べて押しかけて、ルールから外れてるだろう」

マドカ、という名前に聞き覚えがあった。少し考えてから、『ヴェロッサ』のもう一人のバイトだったと思い出す。

店の常連たちが以前、マドカは真也目当ての押しかけバイトだと話していた。ミチルが失恋したきっかけも、真也がマドカにまで手を出していることを知ったからだった。

(……最低)

心の中で呟く。それは真也に対してなのか、それともマドカか、あるいは自分自身に対してなのか、よくわからなかった。

「じゃあ、最後に一回だけ。今から抱いて」

マドカが決然とした口調で言い出して、総はぎょっとした。

「無理だって言ってんだろ。いい加減にしろ」

「お願い。これでもう、しつこくしないから」

「だめだ、帰れ。……おい、勝手に入るな」

ガタガタとドアが開閉する音が聞こえて、怖くなる。真也は体格がいいから、素手の喧《けん》嘩《か》なら一方的にやられることはないだろう。しかし、相手が凶器を持っていたら話は別だ。いざとなったら総も応戦するか、警察に通報すべきだろうか。腋に冷や汗をかきながら、携帯電話を握りしめる。

「……靴、誰か来てるの」

「お前には関係ない。総、出てくるなって言っただろう」

心配でリビングから出てきてしまった総を見て、真也は慌てたようだった。その腕の中に、若い男がいてどきりとする。

年は総より少し上だろうか。マドカは小柄で華奢《きゃしゃ》で、中性的な可愛い顔をしていた。

「誰」

その可愛い顔が、総を見た途端、険しくなる。憎しみを込めた目で睨まれ、怯んでしまった。

「お前には関係ない。大丈夫だから、奥に行っててくれ」

「ソウって、聞いたことある。ミチルの弟じゃない？」

甥だよ、と訂正はしなかった。この場ではどうでもいいことだ。当たらずとも遠くないことを言い当てられて、総はぎくりとした。そんな総を見て、マドカは薄笑いを浮かべる。

「ミチルと別れたって聞いたけど。何、弟が寝取ったってわけ」

「違う」

「総。いいから、奥へ行け」

「ミチルはこのこと、知ってるの？」

三人の声が入り乱れる。だが最後のマドカの言葉に、総は自分の顔が強張るのを感じた。マドカが嫌な笑いを浮かべたから、相手にも気づかれたのだろう。

「総」

厳しい真也の声に追い立てられ、総はのろのろとリビングに戻った。真也はその間にマドカと二人、部屋の外へ出て行ってしまった。

ドアの外で、二人の声がボソボソと微かに聞こえる。それはやがて消え、しばらくして真也が戻ってきた。

「悪かった。嫌な思いをさせたな」

総は首を振った。

「真也さんが刺されたら、どうしようかと思った。警察呼ぼうか迷ったんだ」

「大丈夫だよ。そんな大げさなことじゃない。いつものことだ」

「いつものことなんだ」

何度、こういうことを繰り返しているんだろう。

「もう少し、うまく遊んでるんだと思ってた」

と言ったのは、皮肉のつもりではなかった。

真也という男は、もっとずるく立ち回って、たとえ今のような状況になっても、適当に相手をなだめて誤魔化しているのだと想像していた。

それくらいのことが、彼にはできるはずだ。総と付き合う時だって、浮気する、遊びでいいなら、と宣言していたくらいだ。どれだけひどいとわかっていても、どんなにずるくても、みんな彼に惹《ひ》かれる。その魅力の上に、胡坐《あぐら》をかいていると思っていたのに。

もう無理だ、とマドカに宣告した真也の表情は硬く、こんなことになったのを悔やんでいるようにも見えた。

「うまくやろうとは思ってない。別に、最初からしくじるつもりで付き合ってるわけでもないけどな」

総がぽつりと呟いた言葉に、真也は苦い顔をした。

「俺も、責めてるわけじゃない。ただ意外だっただけ。そろそろ食事にしようよ。俺、お腹減った」

もうこの話はやめよう、と総はソファを立った。

責められるわけがない。真也とマドカと自分。ここで一番ずるくて最低なのは、自分なのだから。

みんなに嘘をついて、欺いているのは総自身だ。ミチルを、真也を、そして自分の気持ちを偽っている。

「お前はおかしな奴だな」

総と入れ替わるようにしてソファに座り、映画のエンドロールが流れるテレビを見ながら真也は言った。

「子供っぽいかと思えば妙に老成していて、キスで真っ赤になるくせに、時々、妙に冷めてる」

子供っぽいのは当たっている。だが老成しているわけでも、冷めているわけでもない。ただ後ろめたいだけだ。

けれどそんなことを口にすることはできなくて、総は素知らぬふりをして夕食の支度をするしかなかった。

夕食は、お互いにそれまでの重苦しい空気を払拭《ふっしょく》するように、当たり障りのない会話を交わし、和やかに終わった。

総の作った食事は、おおむね真也の口に合ったようだ。「お袋の味って感じだな」と、言いながら豪快に食べ尽くしてくれた。

「この後、シャワー浴びるか?」

一緒に食器を洗い、後片づけをしていると、隣に立つ真也がぼそりと囁いた。

「え……」

思わずリビングの掛け時計を見てしまう。まだ夜といっても早い時間だ。このまま寝るわけではあるまい。

マドカのことですっかり忘れていたが、ここに来た目的は、いつまでもキスから先に進まない関係を進展させるためだった。

真也はこれから何を、どこまでするつもりなのか、頭の中で目まぐるしく想像し、うろたえてしまう。洗っていた皿がつるりと滑り、シンクの底で乱暴な音を立てた。

「大丈夫か?」

「あ、うん。割れてない」

なんでもないふりをしようとしたが、顔が赤くなるのをどうしても止められなかった。

「そんなに意識するなよ。この後、映画の続きを見る前に風呂に入るか？　って意味だったんだけどな」

その言葉に隣を振り向くと、真也はニヤニヤ楽しそうに笑っている。総は顔を真っ赤にしたまま、相手を睨み上げた。

「嘘だ」

総の反応を見るために、わざと意味深に言ってみたのだろう。相変わらず意地が悪い。けれどいつもの真也でもあり、どこかホッとしている自分がいた。

「なんならこのまま、ベッドに直行してもいいんだけどな」

悪辣《あくらつ》な笑いを浮かべながら、真也は続ける。だがどのみち、映画を見た後にはキス以上のことをするのだろう。

（どこまでするんだろう）

すぐには抱かないと言っていたが、できそうならすぐに抱くとも言っていた。

「おい、真面目に考え込むなって。この後は風呂入って、それで映画見るぞ」

黙り込んでしまった総に、真也は呆れた顔でそう告げた。相手を見ると、真也は皿を拭《ふ》く手を止めて、顔を近づけてきた。総の唇に軽くついばむようなキスをする。

「んっ」

不意打ちに、おかしな声が出てしまった。真也はそれに優しく笑う。かと思うと、皿を拭いていた布巾を放り出してキッチンを出た。

「先に風呂に入ってくる。洗った食器はそのまま置いておいてくれ」

唐突な行動に、総はよくわからないままうなずく。

「お前の無防備な顔見たら、勃《た》っちまった」

真也は苦笑しながら自分の下腹部を示した。思わず目を向けると、ジーンズの前立てが緩く隆起していた。

「ちょっと鎮めてくるわ」

「あ、えっ……うん」

とんでもないことを事もなげに言われ、ただうなずくことしかできない。

(勃った、って)

真也が自分なんかに、欲情するのか。気まぐれで付き合っているのだから、総の身体に興味などないと思っていた。なんだかにわかに信じがたいような、不思議な気持ちだった。

食器を洗い終える頃、真也が戻ってきた。Tシャツとルームパンツに着替えていて、総は思わず、その中心に視線が行くのを止められなかった。

「片づけありがとう。お前も入ってくれば」

真也はとっくに平常に戻っており、総の視線に気づいてくすっと笑う。くしゃりと髪をかき混ぜられて、総の方が平常心ではなくなった。

「うん……」

勧められるまま、総も風呂に入る。家から持ってきたTシャツとハーフパンツに着替え、再びリビングに戻ると、ブルーレイデッキに映画のディスクがセットされ、飲み物とつまみがソファテーブルに並べられていた。

真也が選んだその映画は、有名な魔法ファンタジーだった。ずいぶんと可愛い選択だなと思いながら、真也が用意してくれた飲み物に口をつける。

「あ、これ」

パインジュースがベースの、口当たりの良いそれを一口飲んで、はっと真也を振り仰ぐ。渡された飲み物にはアルコールが入っていた。ジュースのようだが、口の中に重いアルコールの苦味と刺激が残る。

間違えたのかと思ったが、真也の薄い微笑みは確信犯だった。

「意識してるから、ちょっとくらい酔った方がいいかと思ったんだよ。こっちもあるから、好きな方を選びな」

グラスの隣に置いたのはお茶のペットボトルだ。それを見て、ふとミチルの顔が頭に浮かんだ。

店では頑《かたく》なに飲ませてもらえなかったが、大学の友人と飲んだり、光の晩酌を横からもらったりすることもある。真也もただ単に、総の緊張をほぐすためにカクテルを作ってくれたのだろう。

けれど今、ここで真也から与えられたアルコールを飲むことが、ミチルを捨てて真也を選ぶ暗示のように思えてならなかった。

「お茶にするか?」

逡巡《しゅんじゅん》する総に、真也はからかうのではなく、どこか優しい目をしてペットボトルを差し出した。

「……いや、こっちをもらうよ」

総は首を振って、パイン色のカクテルを飲んだ。爽やかな甘い飲み口と、ほろ苦い後味に意味もなく寂しい気分になる。

「やっぱり、真也さんのカクテルは美味しいね」

センチメンタルな気持ちを払拭させるように、明るい口調で言った。

「いっぱしな口をきくじゃないか」

真也が笑って、からかうように総をつつく。いつもの、一緒に遊んでいる時の雰囲気が戻ってきて、総はほっと身体の力を抜いた。

映画が始まって、二人でつまみを食べながら酒を飲んだ。つまみは、店でもたまに食べるもので、真也が作ったものらしい。総が好きなメニューがいくつか並んでいて、嬉しかった。

「作ったって言えるほどのもんじゃないぞ」

喜んで食べていると、真也はいささか面映《おもは》ゆそうにそう言った。

「よその店で出てるのを、適当に真似しただけだ」

真也は言うが、『ヴェロッサ』は酒もつまみも美味しい。簡単なメニューでも丁寧で、おざなりにしていない気がする。

それは店の内装にも表れていた。すっきりしていて、シンプルだがどれも安っぽくなく居心地がいい。適当だと言いながら、気取らず美味しく、手が汚れないように食べやすく配慮されたつまみと一緒だった。

すごく優しいのに、口から出る言葉はおざなりで、ぶっきらぼうな真也の、人柄を表しているようだ。

そんなことを考えながらグラスを空けると、真也が席を立ってカクテルのおかわりを作ってくれた。

彼が選んだファンタジー映画は、もう何度か見ているらしい。それなのにどうして選んだのかと尋ねたら、「子供向きだろ」という返事がにやけた笑いとともに返ってきた。

結局、映画が終わるまでに総はカクテルを二杯飲んで、真也は水割りのグラスを三杯ほど空けたようだった。映画が終わる頃には心地良く酔いが回っていた。

「続編も見る？」

ほんの少しの眠気と気だるさの中で、総は四つん這いでデッキの前まで行き、ディスクを取り出した。

背後に近づいてきた真也に尋ねる。応《こた》えはなく、かわりに内腿《うちもも》をするりと撫でられ、「ぎゃ」とおかしな声が出た。

「な、なに」

振り返ると、真也は微かに笑って唇の端を舐《な》めた。色っぽいその仕草に、総の身体の奥がずくんと疼《うず》く。

「色っぽい格好してるから、誘ってるのかと思ったぜ」

「そんなわけ……あ……」

ハーフパンツの裾から、男の手がするりと忍び込んでくる。さらにボクサーパンツの裾をめくり、ペニスを直《じか》に握った。そのままコスコスと軽く扱《しご》かれ、その気持ち良さに内股《うちまた》が震えた。

「や、あ」

「意外だな。皮、剝《む》けてんのか」

「ば、か」

唐突に始まった行為に、頭がついていかない。アルコールのせいか、どこか他人事《ひとごと》のようでもあった。

ペニスを弄っていた手が不意に去り、かと思うとハーフパンツのゴムにその手がかけられた。

「あ、やだ」

恥ずかしさから、わずかに身を捩《よじ》って抵抗すると、背後から忍び笑いが聞こえた。

「本当に嫌なら、もっとちゃんと抵抗しな」

抵抗が本気ではないことを言い当てられ、総は一人で赤くなる。何も言わないのを肯定と取ったのか、真也はハーフパンツを下着ごと一気に引きずり下ろした。

「……綺麗な色だな。赤ん坊みたいだ」

露《あら》わになった秘部を、男は指先で軽くくすぐるように弄る。むず痒さに腰を振ると、真也は低く笑った。

「ここでセックスするって、知ってるか?」

乾いた指がつぷん、と襞《ひだ》にもぐりこんできた。浅い部分を出し入れするだけで、痛くはなかったが、濡らされていないそこは引き攣《つ》れたような感覚があり、奥への進行を阻んでいた。

「今から、するの?」

このまま、最後まで抱かれるのだろうか。不意に怖くなって後ろを仰ぐ。熱に浮かされたような目でこちらを見ていた真也は、怯えた総の顔を見て、優しく目元を和ませた。

「急にはしないよ。けど、少しずつ慣らしていかないとな」

そのまま、クチュクチュと浅い部分で抜き差しを繰り返し、襞を広げるように動かす。

「ん、あ、だめ」

あやすように前も扱かれて、人からの愛撫《あいぶ》に慣れない総は、たちまちこみ上げてくる射精感をやり過ごすのに必死だった。

「総、こっち向きな」

命じるように言われて、背後を振り返る。真也が喘ぐ総の唇を吸い、舌を絡めた。

「ん、んっ」

「どこもかしこも、すべすべだな」

前を扱いていた手が、Tシャツの裾をめくり、腹を撫でた。その手はさらに上へ這い上り、胸の突起をコリコリと弄る。強い快感を覚えて、総の身体はビクンと跳ねた。

「ここが感じるのか？　後ろが締まったぞ」

面白がる声に、恥ずかしくなった。その間にも愛撫は続く。乳首を捏《こ》ねられ、後ろを抜き差しされて、ひとりでに腰が揺れてしまう。

「前も弄ってほしいか？」

問いかける声音は意地の悪いものだったが、快楽には勝てなくて、総はコクコクとうなずいた。

「じゃあ、ぜんぶ可愛がってやるよ」

くすっと笑った真也が、後ろにあった指を引き抜く。

「あ、んっ」

思わず声が上がってしまった。指を咥《くわ》えこんでいた場所が寂しさに疼く。先ほどの快感をもう一度味わいたかった。

真也は総にキスを一つすると、ソファの前のラグの上へ総を仰向きに横たえた。足を開かせ、ソファの上にあったクッションを取って総の腰に敷いた。

ふと見ると、彼のルームパンツの前が大きく膨らんでいる。真也も興奮しているのだと知り、喜びと興奮で頭の芯が痺《しび》れたようになった。

何度かキスを繰り返してから、真也は身体を下へずらし、何も言わずにいきなり総のペニスを咥えた。

「し、真也さん」

真也が自分の性器を咥えている。その光景だけでも恥ずかしくて眩暈《めまい》がしそうなのに、彼はそのままジュブジュブと音を立てて性器をしゃぶり始めた。

「や、やだ。あ、あっ」

口では嫌だと言うものの、真也のフェラチオは先ほどの手淫《しゅいん》とは比べものにならないほどの快感だった。

真也は竿《さお》を扱いていた手を後ろに伸ばし、窄《すぼ》まりへ指を潜り込ませる。再び抜き差しを繰り返す。

「だめ、真也さん……出る、出ちゃう」

内腿がヒクヒクと震え、射精感がこみ上げてくる。真也の手があやすように腹を撫で、胸へ這い上って乳首を強くひねった。

「や、あ……っ」

三点を同時に責められ、とても堪《こら》えきれなかった。総は背中をしならせ、真也の口腔《こうこう》に射精していた。

「ん、ふ」

射精する間にも、真也は容赦なく後ろを責め、強くペニスを吸い上げる。鈴口に残った精液も残らず吸い出され、激しい快感に生理的な涙がこぼれた。

やがて真也は口淫をやめ、後ろから指を抜き出したが、総はまだ薄く唇を開いたまま荒い息をついていて、快感の波の中にいた。

ぼんやりした視界の向こうで、真也がキスをしようと近づいてくる。だが既《すんで》のところで何か思い留まったらしく、テーブルの上のグラスに残っていた水割りを飲み干し、それから総の唇にキスをした。

「気持ち良かったか?」

汗ばんだ額を優しく撫でられて、うっとりする。

「ん……死んじゃうかと思った」

舌足らずの感想に、真也は思わずというように破顔した。髪を撫でながら、慈しむようにキスをくれる。

「可愛いな。お前が、こんなに色っぽくなるとは思わなかった」

その言葉にふと思い出し、視線を下げた。真也のそれはまだ、いきり勃ったままだ。見ているとまた身体の奥が疼いてきて、総は小さく喉を鳴らした。

「あ、あの、俺も」

「ん？」

「俺もする。それ……」

股間《こかん》の膨らみを指さすと、真也は「ああ」と苦笑した。

「そうだな。お前の色っぽい顔見てたら、俺も我慢できなくなった」

言うなり、ルームパンツを下げる。中からぶるりと大きく怒張したペニスが飛び出してきて、総は息を呑んだ。

真也の性器は赤黒く筋張っていて、凶器のようだった。腹につくほど勃起《ぼっき》した鈴口から、とろとろと透明な蜜《みつ》がこぼれている。

「……大きい」

それを見て、総は我知らず呟いていた。真也が困ったような顔をする。

「煽《あお》るなよ。結構キてるんだから」

言いながら、総の足元に膝をつき、足を抱え上げた。

「い、入れるの」

こんなに大きい物が、自分の中に入るのだろうか。

「入れねえよ。お前の尻、まだ狭いからな。今日のところは、このスベスベの太腿を使わせてもらうよ」

冗談めかして言い、抱えていた足をぴたりと閉じさせる。何をするのかわかって、総は興奮に呼吸を乱しながら内腿に力を入れた。

真也は微笑んだが、ぐっと腰を進めると、少し苦しそうに眉根を寄せる。熱く硬いものが総の陰嚢《いんのう》を押し上げる。射精したばかりの総の性器を擦《こす》りながら、真也の赤黒い陰茎が太腿に差し込まれた。

「……っ」

抜き差しされるたび、エラの張ったカリ首が裏筋を擦り刺激する。先ほどの激しい愛撫に比べれば優しいものだったが、視覚的に興奮するには十分だった。

それに官能に眉をひそめる男の顔は壮絶に色っぽく、雄臭い呻きに背筋がゾクゾクと震える。いつしか総のペニスも、硬く反り返っていた。

腰を振る真也の動きが、次第に速くなっていく。どちらも余裕をなくし、ただ快感だけを追い求めている。まるで、本当にセックスしているみたいだった。

「総……」

名前を呼ばれて相手を見ると、切なげな瞳《ひとみ》とぶつかった。きゅっと胸が引き絞られる。思わず腕を伸ばし、真也に抱きついていた。

耳元で名前を囁かれる。力強い腕が総の身体を抱き返し、その幸せにわけもなく泣き出したくなった。

男の身体が強張り、同時に腹の上へ熱い飛沫《ひまつ》が吐き出される。その感覚にたまらず、総も二度目の射精を迎えた。

二人は互いに抱き合い、しばらくの間無言だった。荒い息だけが広いリビングに響く。

「……すげえ出た」

しばらくの後、真也がぽつりと呟く。言葉通り、総の腹に吐き出された精液は、二人分とはいえ大量だった。

「今の、なんか気持ち良かった」

素直に口にすると、真也は甘く微笑んでキスをした。総もそれに応え、二人はしばらくじゃれつくようにキスをしたり、互いの身体に触れ合っていた。

今までキス一つでも焦っていたのに、こんなふうに自然に真也と触れ合えるのが不思議だった。

戯れの合間に、真也は総の顔や髪を撫でながら、何度も総の顔を眺めていた。それは優しく柔らかな眼差しだったが、まるで初めて間近で総を見るように、好奇や感嘆の混じったものだった。

「お前、こんな顔してたんだな」

しまいにそんなことを言われて、総はちょっと膨れる。

「すごく今さらだよな」

今までは総の顔を、きちんと見ていなかったということではないか。どうせ自分になど大して興味はなかったのだろう。

それにはちくりと胸が痛んだが、しかし今、総の顔を認識してくれたのは嬉しい。

「どうせ、今まで俺の顔なんか見てなかったんだろ」

冗談めかして不貞腐れた声を出したが、真也は笑わなかった。さらにまじまじと総を見つめる。

「ちゃんと見てたさ。だけど……」

だけどどうなのか、その先は言わなかった。無言のまま再び顔を寄せ、キスを始める。

「ん……っ、ふっ」

口づけは次第に濃厚になり、身体をまさぐる手が妖《あや》しくなっていく。じわりと総の身体にも火が灯《とも》りかけたが、さすがに二回立て続けに出して疲れていた。もう少し、休みたい。

「真、也さ……待っ……」

休ませてほしいと軽く背中を叩いたが、真也は止まらなかった。まるでこの行為に夢中になっているかのように、離れようとすると追いかけてきて強く舌を絡め取られる。

男の手が総の尻をまさぐり始め、窄まりに触れた。

「真也さん、ちょっと……」

先ほどのような激しい快感は、まだ少し辛い。Tシャツの裾を引っ張ったが、さらに追い立てるようなキスが返ってきただけだった。

「総……」

まるで、総に溺《おぼ》れているみたいだ。そんなはずはないのに、いつも余裕な素振りを崩さない彼が、行為に耽溺《たんでき》しているのを見ると、驚きとともにじわじわと嬉しさがこみ上げてくる。

「真也さん」

それ以上の抵抗を諦め、総は男の名前を囁いてあやすように背中を撫でた。真也は一瞬、苦しげに顔を歪めて総の身体を強く抱きしめる。

彼は身を起こして、口を開きかけた。

「総、このまま……」

その時、彼の背後でカタン、と何かが落ちる音がした。静かな室内にそれは大きく響き、二人はハッとして視線を合わせる。

真也が恐々と背後を振り向き、さらに息を呑んだ。そのまま真也は動かなくなった。

「何か、落ちた？」

熱を帯びた空気が急速に冷えていくのを感じながら、恐る恐る総は尋ねた。

「……ああ。写真立てが」

抑揚のない声で答え、真也はのろのろと起き上がった。乱れた衣服を直してから、そっと床に落ちたものを拾う。

それは夕方、総が寝ている間に真也が眺めていた写真立てだった。

何が写っているのだろう。気になったが、とても聞ける雰囲気ではなかった。

「さっき手に取った時、ちゃんと置いておかなかったんだ」

それが今、唐突に落ちたのはただの偶然なのだろうが、総には水を差されたように感じられてならなかった。

真也は、たった今、夢から目が覚めたように呆然としていた。

「大丈夫？」

こんな彼を見るのは初めてで、心配になる。声をかけると、我に返った様子で目を瞬《しばた》いていた。

「ああ。悪いな」

「俺が待ってって言ったのに、止まってくれないんだから」

わざと怒ったように言うと、真也は少し頬を緩めた。

「悪い。夢中で止まらなかった」

「二回もイッたから、もう無理だって言おうとしたんだよ」

本当は流されかけていたけれど、あえて無理だと言い切った。どのみち、今日はもうそんな雰囲気ではないだろう。

総の言葉に、真也はあからさまにホッとした顔をする。普段なら、きっと本心をうまく隠したはずだ。いつもの彼らしくない。

「シャワー浴びて、寝るか」

奥の寝室を示す。総はうなずいて、それからためらうように相手を窺い見た。

「もしかして、一緒のベッドで寝るの」

ここには客用の布団などなさそうだ。季節的には布団などなくても問題はないが、真也は許してくれないだろう。

「そりゃあな、もちろん」

「俺は、ここのソファでいいんだけど」

真也は呆れたように眉尻を下げた。

「なんのための泊まりなんだ。キングサイズだから、男二人でも平気だよ」

じゃあ行くか、と総の腕を取って抱き起こす。もういつもの彼で、ホッとした。だが、これから一晩、同じベッドで寝るのかと思うと気が焦る。

交替でシャワーを浴びたが、やっぱり一緒になんて眠れそうにない。いつまでもモジモジしていると、真也はしまいに、乱暴に総を抱き上げた。

「ちょ……っ、一人で歩けるから」

「眠いんだよ。お前を待ってたら朝になる」

ジタバタすると落ちてしまいそうで、結局総は、寝室まで真也に横抱きにされて運ばれてしまった。

彼の言う通り、ベッドは大きく男二人でもゆったり眠れそうだった。寝室はリビングよりさらに殺風景で、奥にクローゼットがあるのが見えたが、室内の中央にはベッドがどんと置かれ、あとはサイドボードしかない。

まるでそうした行為のためだけの部屋のようだ。以前、初めてのデートで入ったラブホテルの方がまだ、物があった。

「なんか、やらしい」

部屋に入って腕から下ろされ、開口一番そう言った。横から軽く小突かれる。

「なんでだよ。別にそのためにでかいベッド買ったわけじゃねえぞ。家に人は呼ばないって言っただろ。ただ単に、こういうベッドで寝てみたかったんだ」

日々のベッドメイキングが大変、と言う彼の言葉に、思わず笑ってしまった。それから二人でベッドに上がり、総は隅っこに寄りすぎて呆れられた。

「お前、それ絶対に落ちるぞ」

真也は言って、子供にするように総を抱き寄せ、額に一つキスを落として「おやすみ」と囁いた。色っぽい雰囲気などないにもかかわらず、妙に照れ臭くて顔が赤くなってしまう。照明を落とした後でよかった。

「おやすみ」

おずおずと呟くと、間近に笑う気配がして、軽く唇をついばまれた。

早く眠らなければと目をつぶったが、真也に抱かれたままなので、なかなか寝つけない。

モゾモゾした気配が伝わったのか、真也の腕が背中に回り、優しくさすり始めた。そんなこと、母親にもミチルにもされたことはない。ただ擦るだけだったが、心地良さにうっとりする。

続けてほしいとねだるように真也の胸に鼻先を埋《うず》め、彼に背を撫でられているうちに、総はいつの間にか眠りに落ちていた。


覚醒は、唐突にやってきた。深く深く眠りの底に潜って、急に身体が浮かび上がったようだった。

ぽっかりと目を開けて、間近に人の気配がすることに驚く。すぐにそれが真也で、眠る前のことを思い出したが、真也の寝息を聞いた途端、胸のドキドキが治まらなくなった。

カーテンの向こうは薄《うっす》らと明るい。もう夜明けなのだ。

今日は日曜日だし、ベッドに入った時間を考えたら、まだ寝ていてもいい頃だ。しかし目が冴《さ》えてしまい、とても眠れそうになかった。

隣を起こさないように、そっとベッドを下りる。リビングに出ると、空調が切れていて蒸し暑かった。

喉が渇いていたので、昨日のペットボトルのお茶を冷蔵庫から拝借する。ソファに座り、それを飲み干した。

一息ついてから、ソファでぼんやりする。殺風景なリビングにも、朝の日の光が差し込んでいた。

自分がここにいることが不思議で、なんだか遠い国まで来たような、非日常を感じた。昨日ここに来る前と今とでは、自分が変わってしまったように思える。実際は、何も変わっていないのだが。

ぐるりとリビングを見渡す。最低限の物はあるけれど、広い空間はなぜだか空虚に見えた。

ここにずっと一人でいると、心細い気持ちになる。真也は寂しくないのだろうか。

何も映らないテレビの画面を眺めながらそんなことを考え、ふと横にあるラックに目が行った。

電話機と大きめの置時計、モダンなデザインの花瓶が花もなくひっそり置かれている。それから、あの写真立て。高い位置にあるそれは伏せられていて、なんの写真なのかわからない。

総は一瞬ためらい、それから好奇心に勝てなくてラックに近づいた。おそらくは真也の視線の高さにあるそれを手に取る。写真を立てる支えの部分は少しぐらついていて、納まりが悪かった。

思いきって写真を見ると、そこには一人の青年が写っていた。年は総と同じくらいだろうか。

どこで撮られたのか、背後は雪景色だった。真っ白なダウンジャケットを着た青年は、寒そうに身をすくめながら、こちらを見てはにかんだように微笑んでいる。真っ白な肌をしていて、鼻先と、顔の前で擦り合わせた手の先だけが赤い。

可愛いな、と思った。青年は、ミチルやマドカのような誰にでもわかる美形ではない。けれど控えめながら目鼻立ちは整っていて、少し自信なげに微笑む様子が、小動物を想起させた。

（誰だろう）

写真には日付が入っておらず、いつ撮られたものかわからない。ただ、真也にとって大切な人だということはわかった。

昨日、真也はこれを寂しげに眺めていて、写真立てが落ちた時にはひどくうろたえていたのだ。

「――目が覚めたのか」

突然、声をかけられて総は飛び上がった。写真立てを取り落としそうになって、慌てて

持ち直す。

いつの間にか寝室に続くドアの前に、真也が立っていた。

「あ、ご、ごめん。勝手に」

慌ててラックに写真を戻す。だが支えがぐらついていて、なかなかうまく立たなかった。カタカタと何度も立て直していると、背後から腕が伸びてきて写真立てをさらった。

「支えが壊れかけてて、立てるのにコツがいるんだ」

言いながら、支えを少し大きめに開いてラックに乗せる。今度はぴたりとうまく立った。

「写真と一緒にもらって、ずいぶん経つからな。新しいものを買って飾り直す気にもなれなくて、このままにしてる」

怒られるかと思ったのに、声は穏やかだった。それが余計にいたたまれず、ごめんなさい、と謝る。

「なんの写真か気になって」

そうだよな、と苦笑するような声が返ってきた。

「いいよ、別に。見られたくないものなら、どこかに隠してる」

「……その人、誰なの」

聞いてしまった。すぐに答えはなくて、怖くなる。不安な気持ちで見上げると、硬く強張った微笑みがあった。

「恋人だった……かな、たぶん」

自信なげな答えに驚く。

「俺はそう思ってた。けど、こいつはどうだったかな」

別れてしまったのだろうか。写真の中ではにかんだ微笑みを浮かべる青年が、真也を振り回したとはとても信じられなかった。

「聞かなかったの？」

真也ならば、聞きたいことははっきりと聞く気がする。今もずっと写真を持っているほど大切な相手だったのなら、なおさら。

「聞こうと思ってたんだけどな」

真也は遠い目でラックの上の写真を見た。

「死んじまって、聞けなくなった」

声色はのんびりと明るくて、深い空っぽな穴に落ちていくように、総の心の底に沈んだ。

五

真也のマンションに泊まった翌週、ミチルから、うちに来てほしいと言われた。

ミチルが総たちの住まいに来ることはしょっちゅうあるが、彼が自分の家に呼びつけることは、滅多にない。

「彼氏ができたの。総には真也のことで迷惑をかけたから、ちゃんと紹介しておこうと思って」

少し前に、ミチルに恋人ができたらしいとは聞いていた。身内に紹介できるほど、関係が安定したということだろうか。

明後日が都合がいいということで、木曜日にミチルのマンションへ行くことになった。

その電話を切った直後、真也からメールが入った。週末にまた、泊まりに来ないかという誘いだ。

少しためらって、行くと答えた。

あの日、写真を見た総は、そのまま朝食も食べずに真也のマンションを出た。送ってくれると言われたが断って、動き始めたばかりの電車で帰った。

真也に、忘れられない恋人がいた。誰かと真面目に恋愛なんてできない、と言っていたのに、今も忘れられない相手がいたのだ。そのことがひどくショックだった。冷静でいられない自分が嫌で、逃げるように帰ってしまった。

もっとも、意識していたのは総だけだ。恋人の話をした後、真也はいつも通りだった。また遊びに来いよ、と余裕の微笑みを浮かべて総を見送った。

本当はあの場で聞きたかった。どうして恋人は死んでしまったのか。真也だけが恋人だと思っていたのはどういうことか。それから、今でもその恋人が好きなのか。

だが、聞いてどうしようというのだろう。自分に尋ねる資格などない。事実を知っても現状は何も変わらない。

本当は、とっくの昔に気づいている。復讐なんて口実で、自分はもう、本気で真也のことを好きになってしまっているのだと。

真也は最初に思っていたほどクズではなかった。善良な男とはいいがたいが、人を傷つけてなんとも思わないほど、無神経な男ではない。

むしろ、わざと露悪的に振る舞っているように見えることもあった。どうして、そんなことをするのかわからない。あの写真の青年と関係があるのだろうか。

失恋で泣いていたミチルが、面倒臭い人なのよ、と言っていたのを思い出す。

――素っ気ないと思ったら優しくて、でもそれ以上は踏み込んでこなくて。人に深く関わるのを怖がってる。

ミチルは、あの青年の存在を知っていたのだろう。一度、辛い恋愛をしたからだと思うんだけど……。

詳しい話を聞いたことがあるのだろうか。

(だから、聞いてなんになるんだよ)

誰も愛さない真也を自分が変えようとでもいうのか。本当の恋人でもない、ただの気まぐれで付き合ってもらっているだけの自分が。

おこがましい。それに恥知らずだ。ミチルの復讐だと自分にさえ嘘をついて、ずるく立ち回って、彼のそばにいるくせに。マドカのように、本気でぶつかることもしないくせに。

こんなことはもう、早く終わらせなければならない。続けるべきではないなんて、最初からわかっているのに、それでも真也に本当のことを話すことができない。

嘘の関係でも、同じ思いを返してもらえないとわかっていても、真也と繋がっていたいのだ。

いつの間にか、もう引き返せないほど真也を好きになっている。これからどうすればいいのか、どうするべきなのか、わからなくなっていた。

木曜日の夕方、約束の時間にミチルのマンションに行った。夕食をご馳走してくれるらしい。

合鍵で入らずインターホンを押すと、聞き慣れない声が応答して、中から大柄な男がぬっと顔を出した。

ミチルの新しい彼氏だろう。ずいぶんと若い男だ。俳優かモデルでもできそうな、甘く整った顔をしているが、首から下は鍛え上げたようにがっしりとしている。

男は値踏みするように総を見下ろし、それから不意に人の良さげな笑顔になった。

「君が総君？　初めまして。待ってたよー」

のんびりした口調に拍子抜けする。最初にこちらを見下ろした目が、少し怖いと思ったのは気のせいだろうか。

「どうぞ、入って入って」

ここはミチルの家なのだ。お前に言われる筋合いはない、といささかムッとしたが、ミチルの彼氏なのだからと思い直して「お邪魔します」と挨拶をした。

「ミチルさんは、急に仕事の修正が入ったらしくてさ。編集さんに最寄り駅まで原画を手渡しに出かけたんだ。もうすぐ帰ってくると思うから」

人を呼びつけておいて、ミチルは何をしているのか。そんな疑問が顔に出ていたのか、男が説明してくれた。

「あ、俺は平良《たいら》といいます。平たいに良いって書くの。ごめんね、ちゃんと自己紹介したいんだけど、キッチンで油使ってるところで」

言いながら、平良はバタバタと慌ただしく奥へ戻っていく。どうやら、今夜の食事は彼が作ってくれているようだ。玄関までニンニクや肉を焼くいい匂いが漂っていた。

「何か手伝いましょうか」

忙しそうにキッチンで作業をする平良に、声をかける。即座に「いや、いいよ」とにこやかだがきっぱりした声が返ってきた。

「俺、コックなんだ。自分のやりやすい手順があるからさ。もう少しだから、待っててね」

手早く料理をしながら、平良はニコニコと愛想のいい笑みを浮かべて言う。それでも作業は忙しそうだ。

「すみません。自分で鍵開ければよかったですね。てっきり、ミチルが出ると思ってたもので」

油の揚がるカラカラという小気味よい音を聞きながら、タイミングが悪かったな、と謝ったのだが、

「いや、大丈夫だよ。……合鍵、持ってるんだ?」

一瞬、男の気配が剣呑《けんのん》になったような気がした。

「それは、まあ。家族というか、お互い唯一の親戚なので」

なんだか怖いなと思いながら答えると、男はまた愛想のいい笑顔を浮かべて、

「家族か。そうだよね」

と、納得したようにうなずいた。

(大丈夫なのか、この人)

だんだんと胡散《うさん》臭くなる印象に、ミチルが心配になってくる。外見はさっぱりしていていい男だが、ミチルを大事にしてくれないなら付き合ってほしくない。

そんなことを考えていたら、玄関から「ただいま」とミチルの声がした。

「あっ。お帰り、ミチルさん」

途端に、平良が犬のように玄関へ駆けていく。「総は?」「今来たところだよ」という声に続いて、ミチルの「ちょっと、やめてよ」という、いささか色めいた声が聞こえてきて、思わず咳《せき》ばらいをしてしまった。ミチルが男とイチャイチャしているところなんて、聞きたくないし見たくない。

声はぴたりと止まり、すぐに二人がリビングに現れた。

「いらっしゃい。ごめんね。呼び出しておいて、留守にして」

総の顔を見るなりそう言ったミチルは、仕事のせいか少し疲れた様子だったが、元気そうだ。失恋でげっそりしていた頬も、今ではすっかり元通りになった。

「彼が恋人の平良。プロの料理人なのよ。二十……八だっけ？」

「二十六歳。なんで間違えるの」

平良は少し悲しそうな顔をしたが、ミチルは「ごめんね」とおざなりに返す。ミチルより八つ年下だ。年が離れているからか、主導権はミチルが握っているようだった。

これは、ミチルにしては珍しいことだ。恋愛依存ぎみのミチルは、いつも自分から好きになって、捨てられることに怯えて相手に尽くしまくる。それが重いと言われて失恋するという悪循環なのだが、今回に限っては、どうやら平良の方がミチルを好きでたまらないといった感じだ。

ミチルが総に話す間も、忠犬のように隣に立ち、ミチルのどんな表情も見逃すまいと見つめ続けている。

今まで辛い恋をしてきたミチルには、思いきり愛して甘やかしてくれる恋人の方がいいと思っていたから、そういう意味で平良はぴったりの相手なのかもしれない。

「今日は平良に、総の好きな献立をたくさん作ってもらったの。いっぱい食べてね」

もうできてるかしら、とミチルが聞けば、平良は「あとはテーブルに並べるだけだよ」

と、また犬のようにキッチンへ走っていった。

「ありがとう。あとは自分たちでやるからいいわ。平良はそろそろ、出勤の時間じゃない?」

「えっ」

と、声を上げたのは平良だが、総も驚いた。一緒に食事をするのだと構えていたのだが、どうやらそうではないらしい。

「でも、まだ時間は……」

「遅刻厳禁でしょ。早く行った方がいいわよ」

平良が言いかけるのを、ミチルがにっこり微笑んで遮った。平良はシュンと肩を落とし、キッチンを出る。

それでもチラチラとミチルを見ていたが、ミチルがてきぱきと料理をダイニングテーブルに運ぶのを見ると、「じゃあ、行ってきます……」と、小さな声で言い、本当に出かけてしまった。

「彼氏、大丈夫なのか?」

恋人に料理をさせるだけさせて、すげなく追い払うなんて、以前のミチルならば考えられなかったことだ。平良が気の毒になる。

だが総が気がかりそうに玄関を見ていると、ミチルはじろりとそれを睨んで「総も手伝って」と顎をしゃくった。

「平良は大丈夫。優しくするとつけあがるから、あれくらいがちょうどいいのよ」

気のせいだろうか。ミチルが怒っているような気がする。平良に対してかと思ったが、総を見るミチルの視線が突き刺さるようで、総に対して怒っているのだとわかった。

（なんだろう……）

嫌な予感が胸の内をよぎったが、総がそれ以上何かを考えるより早く、ミチルが明るい声で「さあ、食事にしましょう」と言った。

平良は張り切って、色々と料理を作ってくれていたようだ。メニューは和洋中と統一されていなかったが、どれも総が好きなメニューだった。平良が総の好みなど知るはずはないから、ミチルがリクエストしたのだろう。

ミチルはキッチンからワインのボトルとジンジャーエールの小瓶を持ってきて、それぞれのグラスに注いだ。

「俺も一杯だけ」

ワインが飲みたい、とダメ元で言うと、じろりと睨まれた。形だけの乾杯をすると、ミチルはすぐさまぐっとワインをあおる。グラスを空けて、すぐさま二杯目を注《つ》いだ。半分ほど飲んでから、ようやく料理に取りかかる。

「いっぱい食べてね。平良は、料理の腕だけはいいの」

なんだかひどい言い方だが、総は取り分けたラザニアを一口食べて、目を瞠った。本当に美味しい。

「イタリアンの料理人なの？」

「中華料理。でも、なんでも器用に作るのよ」

自分の彼氏のことなのに、特に誇らしげな様子もなく事務的に言い、食事を続ける。やはり今日のミチルは怖い。

何に怒っているのだろう。しかし、「怒ってる？」と聞くのもためらわれて、総はひとまず食事に専念した。

料理はどれも、本当に美味しかった。プロだから当然といえば当然だが、そこらのレストランで食べるよりもずっと美味しい。平良の店に行ってみたいとさえ思った。

真也が食べたら、なんて言うだろう。彼が連れて行ってくれる店は、どこも美味しいから、きっと平良の料理を食べたら満足するはずだ。

そこまで考えて、我に返った。ミチルの恋人の店になど、行けるはずがない。一緒に出かけることが多かったから、デートをするのが当たり前みたいになっていたのだ。

食事を終えると食器を片づけ、ミチルがコーヒーを淹れてくれた。自分の分も淹れていたが、ミチルが再び席につき、手に取ったのはワインのグラスだ。

赤ワインのフルボトルは、もうほとんどなくなりかけていた。

「今日は、よく飲むね」

コーヒーを飲みながら、恐る恐る向かいを窺う。ミチルはぐいっとまた酒をあおった。

「飲まなきゃ、やってられないのよ」

その声が思いのほか怒気を含んでいて、思わずびくっとする。ミチルはため息をついた。

「……先週、電話があったの。マドカっていう、前のバイト先の同僚から」

その一言に、危うく手にしていたコーヒーカップを取り落としそうになる。青ざめる総に、ミチルは怒りを通り越して、悲しみを含んだ眼差しを向けた。

「そいつがご丁寧に教えてくれたのよ。あたしを振った真也が、あたしの弟と付き合ってて、おまけに真也のマンションに出入りしてるって。あたしに弟なんていないけど、誰のことだかすぐにわかったわ」

ミチルに知られてしまった。しかも最悪の形で。マドカは真也に追い払われてすぐ、ミチルに連絡したのだ。

何事もなかったから、安心していた。なんて呑気《のんき》だったのだろう。

「あたしが真也にフラれるまで、あの男と大して知り合いでもなかったわよね。なのにこのかしら」

「……ごめん」

総はそれ以上何も言えず、黙ってうつむいた。

最初は、ミチルを手酷《てひど》く振った真也への復讐だった。でも、そんなこと言えない。そもそも自分は本当に、純粋な気持ちから復讐を考えたのだろうか。真也を好きになってしまった今、そんな疑問さえ湧いてくる。

付き合う以前、『ヴェロッサ』でたまに顔を合わせる真也に、憧れの気持ちがあったことは否めない。ミチルの失恋に憤っていたけれど、最初に真也と一対一で対峙《たいじ》した時、心のどこかで真也に近づくことへの高揚を感じてはいなかっただろうか。おまけに、ミチルに恋人ができたと聞いた後も、真也との関係を続けていた。

総が口にできる言い訳など、何一つなかった。

「謝ってほしいわけじゃないわ。話の真相を聞きたいのよ。あんた、あたしが真也にフラれてあんなに怒ってたじゃない」

「うん」

「黙ってちゃ、わからないじゃない。真也のこと、前から好きだった？　それであたしが振られたから、後釜《あとがま》にって考えたのかしら」

　はっきりと否定もできずに黙っていると、ミチルはイライラした口調で続けた。

「あんた、そんな器用じゃないわよね。むしろあたしが付き合ってたって知ったら、同じ男に告白なんてできないでしょう。……平良にね、あたしはブラコンだって言われたわ」

　最後に話が急に変わったので戸惑った。ミチルはさらにワインを注ぎ足して飲む。酒には強いはずだけれど、さすがに心配だった。オロオロする総をよそに、ミチルはやはり苛立たしそうに続ける。

「あんたは弟じゃなくて、甥っ子だけどね。あたしもあんたもブラコンだって。真也のことで呼び出すから協力しろって言ったら、弟離れしろって。まあ、無理やり手伝わせたんだけどね」

　平良を紹介する、というのは口実だったのだ。平良の扱いがぞんざいすぎて可哀想《かわいそう》になるが、今は同情している余裕はなかった。

「あたしも甥離れできてないけど、あんたもたいがいブラコンだってわかってる。総、あんた、真也に何か仕返しする気だったんでしょう」

　ミチルは、総が考えることなどお見通しだった。総はうなずきかけて、ぐっと唇を嚙《か》みしめる。

「ごめん、ミチル」

「やっぱりね。もう、バカな子」

怒ったように言いながらも、ミチルは総の頭を撫でてくれる。泣いて抱きついてしまいたくて、総はその手を振り払い、テーブルの上に頭を伏せた。

「ごめん。ごめんなさい」

「総？」

「最初は確かに、真也さんに腹を立ててた。何か一言言ってやろうって思って、真也さんを呼び出したんだ」

もう隠しておけない。ミチルにこれ以上の嘘はつけない。総は最初から、すべて打ち明けた。

真也を呼び出して勘違いされたこと、カッとなって、真也の勘違いを利用して付き合い始めたこと。途中でミチルと別れた経緯を聞かされ、ミチルに恋人ができたと聞いて、復讐に意味がないとわかっていたこと。

「真也さんに本当のことを言っても、たぶん怒ったりしないよな。俺が真実を話してもうやめるって言えば、すぐにだってやめられたんだ。でも、できなかった。恋人ごっこでいいから、一緒にいたいって思ったんだ。いつの間にか、俺はあの人に本気になってた」

真也が好きだ。大勢いる遊び相手の中の一人だと、わかっている。彼が総に本気になることはないと知りながら、それでもそばにいることをやめられない。

どうしてこんなにも、惹かれてしまうのだろう。

悪い人ではない。優しい人だ。けれど、いい人でもない。残酷で、過去に他人を傷つけた、身勝手な男でもある。なのにどうして、別れられないのか。

ミチルが失恋してボロボロになるのを見るたびに、辛いならやめればいいのにと思っていた。自分は過去にやめられたから。

高校教師に淡い初恋を抱き、けれど、望みなどないとわかっていたから、すぐに諦めた。その後も男性に淡い思いを抱くことはあったが、あれらは本当の恋ではなかった。総はまだ、人を好きになるということをわかっていなかったのだ。

真也は魅力的な男だ。好きなところは色々ある。それでも、自分がどうしてここまで制御不能なほど彼を好きになってしまったのか、理由は説明できない。きっと、恋とはそういうものなのだ。

辛くても傷ついても、思う気持ちを制御できない。真也を好きになって、それがようやくわかった。

「ミチルには言えなかった。ごめん。ミチルが失恋して辛い思いをしてたのに、俺はそれを利用したんだ」

一番大切な家族を裏切った。口にして、その重さが改めて心にのしかかる。拳を握りしめてうつむく総に、ミチルは「本当にバカな子」とため息をついた。

「利用って、そんな複雑な話じゃないでしょ、あんたの場合。頭に血が上って真也の話に乗って、気づいたら好きになっちゃってたって、そういう感じでしょ？」

と聞き返され、その通りだったから気まずく唇を噛んだ。

「あの男が好きなの、本当に」

総はこくりとうなずく。ごめん、と小さく口にすると、ミチルは「バカ」と言った。

「あたしはもう、吹っ切れたからいいの。平良って恋人もできたし、真也のことはあたしも馬鹿だったたって思ってる。でもね、前にも話したわよね。真也は面倒臭い男だって。正直言って、あの男があんたに本気になるとは思えない」

わかっている。けれど人の口から改めて聞かされると、やはりショックだった。

「総、あんたは魅力的な子よ。たぶん、自分で思ってるよりずっとね。叔父の欲目を抜きにしても、いい男だわ。でもそういう魅力も、あの男には関係ないの。あいつは現実の世界なんか見てなくて、いつも過去ばかり見てるんだから」

やはり、ミチルもあの恋人のことを知っているのだ。

「それって真也さんの、亡くなった恋人のこと？」

「あんたも知ってるのね」

「この間、初めて真也さんのマンションに遊びに行って、知ったんだ。その人の写真が飾られてた。大事そうに眺めてて。聞いたら、亡くなった恋人だって。どうして亡くなったの」

「あたしも詳しくは知らないわ。ただ、昔から真也を知ってる人たちから、聞いてたの。大切な恋人を亡くして、それからあいつはずっと、立ち直れてないんだって。本人に尋ねてみたけど、ただ自分のせいで死なせたんだとしか言わなかった。俺が殺したようなものだって」

　それ以上は、ミチルも聞けなかったのだという。

「実際に何があったのかは、わからない。でも彼はずっと、過去にとらわれてる。ひょっとしたら、立ち直る気なんかないのかもね。過去に彼を好きになった人は……あたしも含めて、そんな彼を支えて過去を忘れさせたいと思った。でも、誰にもできなかったの」

　それほど、亡くなった恋人の存在は大きいのだ。総なんかが彼を変えられるわけがない。

「わかってるんだ」

　力なく、総は言った。

「真也さんには相手にされてないんだ、最初から。恋人ごっこで、浮気もするよって釘を刺されて付き合ってるから。俺、本当にバカなんだ。最初はさ、真也さんを本気にさせて振ってやろうって、そんなこと考えてたんだから」

自嘲する総に、ミチルは痛ましそうな顔をする。本当に馬鹿だった。一瞬でも、そんなことを考えるなんて。

「これはごっこ遊びだってわかってるのに、いつの間にかやめられなくなってた。ミチル、今まで偉そうなこと言ってごめんね。俺、やっと人を好きになるってどういうことか、わかった気がする」

「総……」

ミチルは総を見つめて、それから何かを堪えるように一度、目をつぶった。再び目を開けた彼は立ち上がり、総の傍らに近寄ってその肩を抱きしめた。

「好きになっちゃったのなら、仕方ないわね。でも、そこまでわかってるなら早く終わらせなさい。それで、早く新しい恋をするの」

「ミチルみたいに?」

小さく言うと、ミチルは腕に力をこめて「そうよ」と答えた。

「あんなのより、いい男はいっぱいいるわ。あんた可愛いんだから、彼氏なんかすぐ見つかるんだからね」

それは、いつも総がミチルを慰めるセリフに似ていて、総は思わず笑ってしまった。

「うん。ありがとう」

言いながら、それでも真也より好きになれる人が現れるなんて、信じられずにいる。この先、真也を忘れて別の誰かを好きになれる気がしない。

だがミチルの言う通り、もうこんな関係は終わりにするべきなのだろう。総が始めたことだから、自分で終わらせなければならない。

嫌でも辛くても、そうしなければならないのだ。

「ごめんね。ちゃんとするから。そうしたら、慰めてくれる?」

ミチルの胸に頭を預ける。

「いくらでも。あんたがいつもあたしにしてくれるように、元気になるまで一緒にいるわ」

頭の上からそんな声が降りてきて、総は少し泣いてしまった。


ミチルに呼び出された二日後の土曜日、総は約束通り、真也のマンションに向かった。

時刻は夕方の食事時、今度は真也が手料理を振る舞ってくれるという。総はお土産のワインを一本持って、真也の部屋のインターホンを押した。

すぐに応えがあって、先週と同じように真也がドアを開ける。そこからふわりと、美味しそうな匂いが香ってきて、総は意味もなく泣き出したくなった。

「いらっしゃい」

そう言って玄関に立つ真也は、無表情だった。こちらをじっと見下ろす視線がいつもと違っていて、不安に駆られた。「お邪魔します」とおずおず頭を下げる。

それを見た真也の目が、きつくすがめられた。無言のまま彼の両手が伸びて、頰を挟まれる。ぼんやりと見上げていると、キスをされた。

「ん……っ」

思わぬ強さで唇を吸われ、這い上がる快感に身体が震える。

訪問して早々、こんなふうにキスされるとは思っていなかった。戸惑いながら相手を見上げると、真也はハッとした顔をして唇を離した。

「……悪い」

気まずいというより、どこか沈んだ表情で呟き、真也は踵を返した。

「夕食、できてる」

「うん」

硬い声で言う真也は、いつもの彼と少し違っていた。苛立ちと戸惑い、それに不信。そんな色が、彼の瞳に仄見《ほのみ》えていた。

ダイニングテーブルには料理の皿が並び、氷を詰めたワインクーラーにワインの瓶が冷やされていた。先週、総が作った家庭料理とは真逆で、ショートパスタやテリーヌなど、洋風の料理が並んでいる。

「すごいね」

「俺がちゃんと作ったのは、パスタだけだよ。あとは塗るだけ混ぜるだけ、それと出来合いだ」

「でもすごい。美味しそうだ」

自分のために真也が作ってくれた。それが嬉しかった。真也を振り返ると、彼はまたじっと、総を見つめていた。

「じゃあ、食うか」

目が合うと、振りほどくように視線を逸らして席につく。ワインを開け、二人で食事を始めたが、先週とは何もかもが違っていた。

真也はいつも通り、色々な話をしてくれたし、料理を取り分けて酒を注ぎ、何くれとなくもてなしてくれる。

だがその表情は終始、沈んでいた。やがて食事も終わりに差しかかり、二人のグラスにワインを注ぎながら真也が口を開いた時、総はその先に告げられる言葉をすでに予測していた。

「昨日、ミチルから連絡があったよ」

総はワイングラスを傾けた。

「――ミチルは、なんて？」

「色々言ってたが、まとめると、大事な甥っ子を弄《もてあそ》ぶなってことだな。あとは、お前が俺に迫ったのは、俺がミチルを捨てた復讐をするためだから、図に乗るなって」

ミチルの口調が想像できて、総は苦笑した。同時に、過保護な叔父だと思う。彼は総のことをよくわかっている。

ここに来るまでに、総は本当のことを真也に告げるべきか、最後まで迷っていた。

真実を告げなくても、口をつぐんだままでも関係を終わらせることはできる。真也に嫌な思いをさせることはないのではと、狡いことを考えていたのだ。ミチルもそれを見越していたのだろう。先手を打たれ、逃げ道を断たれてしまった。

総は、真実をすべて告げるべきなのだ。事を始めた総自身が、それで傷つくことが嫌だというのは卑怯《ひきょう》だし、様々な相手に不誠実な態度を取り続けてきた、真也自身にも責任の一端はある。

「……否定しないんだな」

「本当のことだから」

総が答えた時、真也の顔から表情が滑り落ちるのが見えた。

「は……は。そうか。ミチルの、言う通りだったか……」

力なく笑う真也は、まるで傷ついているかのように、ひどく苦しそうだった。彼の反応は総があらかじめ想像していたものとは違っていて、その差に驚いた。

もともと遊びの関係だった。可愛がってもらったし、遊びと言いながらとても良くしてもらったけれど、真也は相手が誰でもそうするだけだ。そこに特別な感情などない。

もしも総が彼に近づいた本当のきっかけ、目的を告げたなら、呆れて軽蔑されはするけれど、傷つくことなどないと思っていた。

でも今、彼は痛みを感じている。遊びだと言いながら、情がある。彼はやはり、自身が嘯《うそぶ》くほどには、酷薄な男にはなりきれないのだ。

進んで悪辣に振る舞い、人に情をかけながらも同時に愛を向けられることを拒絶する彼には、総の知らない理由があるのだろう。おそらく、亡くなった恋人と関係のある何かが。

けれどそれを知る権利は、総にはない。自分がするべきことはただ、この関係を終わらせることだけだ。

「俺がお前に本気になって、捨てないでくれって言うと思ってたのか？　大した自信だな。男は初めてだっていうのも嘘か」

総はゆるゆると首を横に振る。

「最初は、あんたがミチルに酷いことをしたって思ってたから。頭に血が上ってたんだ。あんたを本気にさせられるなんて、思ってない。誰とも付き合ったことがないのは、本当だよ」

馬鹿なことをした。もう二度と、向こう見ずに行動をするまいと思う。

「ごめんなさい」

頭を下げると、真也は乾いた笑い声を上げた。

「どうして謝る？　ミチルのために、俺に一泡吹かせたかったんだろう」

「最初はそうだった。ミチルのことで一言言いたくて呼び出したら、勘違いされて。それで復讐してやろうって思ったんだ」

「おどおどして、顔を赤くしてたくせに。そんなことを考えてたのか」

皮肉げな口調で言われたが、反論などできなかった。

「言っただろ。頭に血が上ってたんだよ。真也さんを靡《なび》かせて振るなんて、俺にできるはずない。ミチルのことも、話を聞けば真也さんだけが悪いんじゃないことは、すぐにわかった。そのうちミチルに彼氏ができて、無駄なことをしてる自覚はあったんだよ。でも、止められなかった。復讐なんて、とっくに口実になってたんだ」

真也は総の本心を推しはかるように、じっとこちらを見つめていた。総は真っ直ぐにその目を見つめ返す。

「真也さんが好きだ。もしかしたら、『ヴェロッサ』に通い始めてあんたに出会った最初から、どこかで惹かれてたのかもしれない。ミチルのことで、酷い男だって思ってたのに、好きになるのを止められなかった」

は……と、乾いた笑い声が真也の口から漏れた。

「……どうして、今さら」

「終わらせるために、本当のことを言わなきゃと思ったから。ねえ、真也さん。遊びでも付き合ってくれるって、言ったよね。最後に一度だけ、抱いてほしい」

軽蔑されることを覚悟で、総は言った。真也は思った通り、顔を皮肉っぽく歪める。

「俺は、お前を愛していない。なんとも思っちゃいない。それでもか？」

わかっていたことだが、改めて言われると胸がずきりと痛む。だが、傷つく権利など総にはなかった。

「うん。でも、好きな人としたかったから」

「勝手だな」

ごめんね、と謝ると、真也は苦しそうに眉をひそめた。

「酷くしてくれていい。優しくなくてもいいから。だからどうか、俺を抱いてください」

こちらを見つめていた目が、そっと伏せられる。応えはすぐにはなく、沈黙が続いた。

「馬鹿か、お前は」

やがて吐き捨てるように、真也は言った。おもむろに席を立つ。

「そんなに言うなら、抱いてやるよ」

苦しげな表情のまま、真也は笑いの形に唇を歪めた。


二人は交替でシャワーを浴びた。

寝室へ入ると、先にシャワーを浴びた真也が全裸のままベッドの縁にどっかりと腰を下ろし、煙草を吸っていた。

「ずいぶん色っぽい格好だな」

入ってきた総の姿を見て、真也が笑いを漏らす。

シャワーを浴びた後、長いこと迷って、素肌にTシャツだけを身につけた。下着は穿《は》いていない。

一糸まとわぬ姿で真也の前に現れるのは、抵抗があったのだ。かといって、上から下まで着込むのも意気地がない気がする。考えあぐねた末の姿だったが、揶揄《やゆ》するように笑われて、一気に怖気づいてしまった。

寝室の入り口で立ちすくむ。モジモジしていると、真也は紫煙の奥でふっと表情を和ませた。

「何してんだ。早くこっちに来な」

甘い声に誘われ、総はようやく足を踏み出す。ベッドに乗ると、真也の隣に仰向けに寝かされた。

「足、開いて」

「え……」

酷くしていいと言ったのは自分だが、いきなり挿入されるのだろうか。不安に怯えていると、真也は小さく笑って総の額にキスをした。

「そのまま突っ込んだんじゃ、痛いだけだろ。慣らしてから入れるんだよ」

言って、ベッドのサイドボードに置かれていたラブローションを手に取り、総の前に掲げてみせた。

「あの、自分でする……」

何をされるのか薄々わかって、総は真っ赤になる。そんな場所を好きな人に弄られるなんて、恥ずかしくて死にそうだった。真也もそんな総の内心に気づいてか、苦笑しながらも優しく頭を撫でた。

「俺の目の前でやって見せてくれるのか？　それはそれで楽しそうだけどな。最初なんだから、俺に任せておいてくれ。痛かったり苦しかったりして、トラウマになったら嫌だろ」

もっと足を開いて、と言われ、仕方なくおずおずと言われた通りにする。

「勃ってないな」

羞恥《しゅうち》と緊張で、総のそれはまだうなだれたままだ。どうしよう、とオロオロしていると、真也はなんの前触れもなく総の足の間に顔を埋め、ペニスを咥えこんだ。

「あ、あっ」

「好きだろ、これ。前にしゃぶってやった時も、すぐにイッてたよな」

「……う」

以前、リビングで激しい口淫をされた。あの時の、たまらない興奮を思い出す。同時に、もうあの頃には戻れないのだと切なくなった。

「いいから、何も考えずに気持ち良くなりな」

真也も思い出していたのだろうか。陰りを帯びた表情で言い、再び総のペニスを咥えこんだ。

真也の口淫は相変わらず巧みだった。強く吸い上げられて、下半身が蕩《とろ》けるような快感がこみ上げる。性器はたちまち硬くなった。

その間にも真也は、ローションをこぼした指を総の後ろへ滑りこませていた。最初のうちは異物感を覚えたものの、ぬめった指で内壁を緩く擦られるうち、違う感覚が芽生えてくる。

「は……んっ、真也さん……」

「何も知らないくせに、やらしい顔して。そういうの、男はたまんないんだよ」

目をすがめ、熱っぽい声で言われたが、自分がいったいどういう顔をしているのかわからなかった。だが、ふと真也が上体を起こした拍子に、彼の性器が目に入る。先ほどはうなだれていたそれは、いつの間にか腹につくほど勃起していた。

「真也さんの……」

今にも弾けそうなそれに、思わず息を呑む。自分の痴態を見て、興奮しているのだろうか。だとしたら、嬉しい。

「怖いか?」

見下ろす彼の目は優しかった。総はかぶりを振る。真也は酷いことはしない。きっと最後まで優しく抱いてくれる。

「真也さん、来て。抱いてほしい」

両腕を広げて誘う。真也はそこで、少し苦しそうな顔をした。だがやがて、何かを諦めたように視線を伏せると、総の身体の上へ覆いかぶさった。

「きつかったら、ちゃんと言えよ。我慢したっていいことなんかないんだから」

唇にキスをしながら言うと、総の後ろの窄まりに熱い塊を押しつけた。ゆっくりと加減しながら、大きく硬いそれを埋め込んでいく。

真也のペニスは太く、指とは比べものにならないほど圧迫感があった。真也は総のペニスを扱きながら、馴染ませるように少しずつ奥へと進む。根元まで埋め込まれた時、どちらも深い息を吐いた。

「すごい。本当に入ってる」

じわりと喜びが湧いてきて、ぽつりと呟く。真也は微笑んでキスをした。

「ああ」

「ありがとう」

「礼なんか必要ないだろ」

総は少しかぶりを振って、自分から真也の唇にキスをした。

「最初に、好きな人に抱いてもらえたから。すごく嬉しい」

言うと、真也の顔が苦しげに歪んだ。それから彼は口の中で、馬鹿、と呟く。反論しようとした総の唇をキスで塞ぎ、緩やかに腰を打ちつけた。

「……あっ」

「お前は馬鹿だ。俺みたいなのに惚《ほ》れるなんて」

「そんなの……しょうがないだろ。気づいたら、好きになっちゃってたんだから。でも、あんたを騙したのは悪かったけど。俺、好きになったことは後悔してないよ」

真也は何も言わず、ただ黙って総の身体を開いた。先ほどよりも激しく突き立てながら、総の陰茎を扱き、快感を引き出そうとする。

快楽の波にさらわれて、次第に何も考えられなくなった。真也の身体に縋り、流されるまま絶頂を迎える。真也もまた、身体を震わせて総の中で達した。

荒い息をつきながら、真也が総を抱きしめて首筋に顔を埋める。

耳元で、彼は何か呟いたようだった。だがそれはあまりにも小さく、総の耳には届かなかった。

「……」

目を覚ました時、寝室の窓からは朝日が差し込んでいた。ずいぶん長いこと、眠っていたらしい。

寝返りを打つと、隣で真也が枕《まくら》を背に座り、こちらを見ていた。

「――よく寝てたな」

真也は裸のままで、火の点いていない煙草を弄っていた。ぼんやりした頭で、総はその顔をまじまじと見つめる。

切れ長の目と、通った鼻梁《びりょう》、丸みのないシャープな頬の線と、その頬にかかる幾筋かの黒い髪。

その横顔を見ていると、愛《いと》しいという思いが溢れた。彼がたまらなく好きだ。でももう、彼に抱かれることは二度とない。

涙がこみ上げそうになって、総は目を瞬くと身体を起こした。足腰はセメントで固めたように重くおぼつかず、後ろは熱を持ったようにわずかにひりついている。

普段通りに動けず顔をしかめると、真也が「大丈夫か」と心配そうに覗《のぞ》き込んできた。

総は黙って真也を見つめ返してそれから、不意にキスをした。

「おい」

「ありがとう」

微笑むと、真也は軽く目を見開く。

「最低なことしたのに、優しくしてくれてありがとう。あと、今までも。最初は復讐とか言ってたのに、そのうち忘れて楽しんでた」

総の言葉に真也は一瞬、苦しそうに眉をひそめた。だがすぐに目を伏せ、小さく笑った。

「最低なのは俺だろ。礼を言われる筋合いはない」

「うん。でも、俺は最初があんたでよかった。真也さんを好きになってよかったと思ってる」

真也を騙し、大切なミチルを裏切って、自分のしたことにさんざん後悔したけれど、それでも彼を好きになって、真也と過ごした時間は幸せだった。昨日、彼に抱かれたことも。

「俺、次は卑怯な手を使わないで、ちゃんと告白して恋人を作るよ。すぐに、他の誰かを好きになるのは無理かもしれないけど。でもいつか好きな人と恋人になって、幸せになるつもり。真也さんとのことは、そのうち思い出になる。恋人にこんなことがあってねって話して。……でも真也さんは、これからもずっとそのままなんだ」

真也が少し怒ったように顔を上げ、何か言いかけたが、結局また目を伏せた。

「じゃあ。俺、帰るね」

「家まで送る」

総は首を横に振った。電車はもう、動き始めている。

「ありがとう。さよなら」

真也は答えなかった。総は黙ってベッドを下り、服を着て部屋を出た。ドアを閉めかけた時、その背中にぽつりと声がかかった。

「――さよなら」

マンションを出ると、外はよく晴れていた。早朝だというのに、もう太陽がギラギラと照りつけている。

誰もいない早朝の道を、総は歩き出した。

六

年が変わって、総は二十歳になった。

成人のお祝いに光がスーツを作ってくれて、ミチルと三人で家族写真を撮り、平良が働く高級中華料理店で食事をした。平良とミチルは順調らしい。

総は年明けから、公務員試験の準備を始めた。今年はもう三年生だ。気づくと時間が過ぎていて、その早さに驚く。

「年取ると、時間が過ぎるのが早くなるんだね」

夕飯の時に光にそんなことを言ったら、「その言葉は十年早い」と返された。

恋人はまだできない。真也と別れてすぐはそんな気になれず、大学とバイトを行き来するだけの毎日だった。

自業自得とはいえ、最初の頃は辛くて、夜に自分の部屋でこっそり泣いたりしていた。真也との日々を思い出しては、胸の奥が痛くなる。

今まで誰かを好きになっても、こんなに苦しくなかった。一人で好きになって、一人で諦めて、少し悲しいけれどそれで終わりだった。

何もかも、真也が初めてだったのだ。そう考えるとまた辛くなった。そんな鬱々《うつうつ》とした気持ちが、表に出ていたのだろう。あるいは、総に無断で真也に真相を話した負い目もあったのか、ミチルが信用のおける男友達を紹介してくれて、平良も入れて四人で食事に出かけたりした。

その人とは一度だけ、二人で映画に出かけたけれど、それだけだった。カッコよくて、少し年は離れているけれど、いい会社に勤めているサラリーマンで、優しくて親切にしてくれたのに、いつの間にか真也と比べている自分がいる。相手に申し訳なく、二度目の誘いは丁寧に断った。

「時間が経てば忘れられるわよ。どんなに辛い失恋でもね」

そんなことを言ったのは、ミチルではなく光だ。不思議と重みがあって、総は早く時間が経ってほしいと思った。

あの夏が終わり秋になって、以前より少しだけ悲しみが薄らいだ気がする。けれど相変わらず、真也のことを思い出して胸がしくりと痛んだ。

時々、彼の夢を見る。夢の中で、総は以前のように真也とデートをして、彼の一挙手一投足にドキドキしている。あるいは、まだ真也との関係は終わっていなかったんだと安堵する。そんなはずはないのに。

夢から覚めて、まだ彼を忘れられないのかと、未練がましい自分にうんざりした。いつになったら夢を見ずに済むのだろう。

真也を忘れられないまま季節が移ろい、年が明けて成人式を終えたある日、総はたまたま『ヴェロッサ』のあるビルの前を通りかかり、店が閉店していることを知った。

何気なくビルを見上げたら、『ヴェロッサ』のあった三階の看板が、別の名前に変わっていたのだ。

「ああ、去年の暮れ頃に店をたたんだらしいわね」

驚いてミチルに報告したら、彼はすでに閉店の事実を知っていた。店の常連から話が回っていたらしい。

「詳しくは知らないけど、別にやってた事業が忙しくなったらしいわね。あたしとマドカで、バイトがバタバタ辞めたし、もとから趣味でやってた店だから、飽きたんじゃない？」

ミチルは素っ気ないというより、どこか怒ったような口調で言っていた。自分の失恋は吹っ切れたけれど、甥に手を出した真也をミチルはまだ、許せないらしい。

「俺さ、まだ真也さんのこと忘れられないけど、そんなに傷ついてはないからね」

むしろ感謝している。彼と付き合って、人を本当に好きになるということを教わった。

短い間に様々な思い出をくれて、最初に好きな人に抱かれることができたのだ。

「わかってるわよ。あんたは甘ちゃんだけど、強い子だって」

やっぱり怒ったように言い、ミチルはいきなり総をぎゅっと抱きしめた。

「ちょっと、やめてよ。平良さんもいるのに」

ミチルのマンションに遊びに来ているところだった。キッチンには平良もいる。衆目の中で抱きつかれたわけではなかったが、いい年をして恥ずかしい。

意外と力強いミチルの腕の中で、じたばたともがいていると、平良がキッチンから出てきてミチルの身体をぐいっと引き離した。

「ミチルさん。それくらいにしてくれないと俺、妬《や》いちゃうよ」

にっこり微笑む平良が、総は相変わらず怖い。総を見てにこにこしているが、その微笑みが牽制《けんせい》にしか見えなかった。甥っ子の俺に嫉妬《しっと》されてもなあ、と呆れたりもする。

それでもミチルのことは大事にしてくれているようで、最近のミチルは特に肌艶《はだつや》がよく、きらきらとして以前より綺麗に見える。

なんだかんだと賑やかに話しながら、三人で平良の料理を食べ、後片づけを手伝うとすぐ、総は帰ることにした。平良はそのまま泊まるのだろうから、野暮なことはするまいと早めに切り上げたのだ。

「あんた、明日は大学の授業があるんだっけ」

帰り際、玄関まで見送りながらミチルがそんなことを尋ねてくる。

「うん。二限から五限まで。ていうか、まだ二年だから毎日授業があるよ」

「バイトは、前に聞いたのと同じシフトだっけ」

「え？　そうだけど。何か用事？」

どうしてそんなことを聞くのだろう。靴を履きながら怪訝に思ったが、ミチルはなぜかそこで、不貞腐れたように「別に」とそっぽを向いた。

「ミチルさんは、甥っ子がちゃんと学生生活送ってるか、心配なんだよね？」

見送りというより、ミチルの背中にべったりくっついてきた平良が、フォローする。ミチルは「まあね」と曖昧《あいまい》な返事をした。

「よくわからないけど。大学はちゃんと行ってるし、バイトも順調。そのうちカッコイイ彼氏見つけて、ミチルにも紹介するから」

まだ失恋のことを心配してくれているのだなと思い、安心させるように微笑むと、ミチルは複雑そうな顔をして総を見送った。

ミチルの目から見てもまだ、自分は立ち直れていないのだろうか。

（早く真也さんのことを忘れて、次に行かないとな）

終わった恋にぐちぐちと悩んで、周りを心配させたくない。ただ、どうすれば忘れられるのかわからなかった。

翌日、総はいつものように大学に行った。夕方までびっちりと授業がある日で、バイトのシフトは休みだ。

午前中から授業を受け、友達と昼ご飯を食べて、長い一日にいささかうんざりしながら、眠い目を擦ってノートを取る、ごく普通の一日。

すべての授業を終えて校舎を出ると、外はもう真っ暗だった。五時限目は、親しい友達が誰もいないので、総は一人でキャンパスを歩いた。

正門を出てすぐ、コインパーキングの前を通りかかった時だ。パーキングに停まっていた車から人が出てきた。

「総」

背後から声をかけられて驚く。振り返ってさらに驚愕《きょうがく》した。

「真也さん……」

「久しぶり」

遠慮がちに言う、それはまぎれもなく真也だった。どうして彼がここにいるのだろう。

だが、久しぶりに真也を目にして、また胸がドキドキと高鳴った。会えて嬉しいという感情を抑えられない。

「ひ、久しぶり。偶然だね」

喜んでいる顔を見られたくなくて、うつむく。だがそこに、信じられない言葉が返ってきた。

「いや、偶然じゃない。待ってたんだ。お前を口説くために」

思わず顔を上げた。どういうことだろう。

「ミチルに、大学とバイトの予定を聞いてたんだ。昨日、やっと連絡もらえて」

昨夜、帰り際にミチルが珍しく、総の予定を聞いてきた。平良が何か誤魔化していたが、真也に知らせるためだったのか。

「なんで……」

「お前に直接、連絡しようか迷ったんだけどな。けどミチルに一言、断っておくのが筋かと思って」

「そうじゃないよ」

真也の言葉を遮って、思わず叫んでいた。

「俺たち、もう終わったはずだろ。いや、最初から始まってもいなかった。あんたにとってはただの遊びだったはずだ。どうして今さら、俺を口説くなんて言うんだ」

ずっと真也が忘れられなかった。忘れられずに苦しんでいたのに。どうして今頃になって現れて、そんなことを言うのか。腹立たしかった。

「あんたのこと、早く忘れたかったのに」

恨めしく睨み上げたが、真也はそれに目をすがめて微笑んだ。懐かしそうな、少し苦しそうな表情で。

「忘れたかったっていうのは、忘れられなかったってことだよな」

それを真也に言われたくはなかった。彼は自分をどうしたいのだろう。

「俺があんたを騙したこと、恨んでるの」

「は。まさか。俺に、お前を恨む権利なんかないだろ」

「じゃあ、なんで」

「お前との関係を終わらせた後、ずっと考えてたんだ。お前に言われたことが頭の中から離れなかった」

「俺が言ったこと?」

「俺はこれからもずっと、そのままなのか、って最後のセリフ」

真也はそこで、自分の車を示して中で話をしないかと言った。少し考えて、彼についていく。

助手席に座ると、車内はひんやりとしていた。ずっとここで待っていたのだろうか。総が寒そうにしているのを見て、真也はエンジンをかけてエアコンをつけた。

「髪、短くなったね」

運転席で、真也はすぐには口を開かなかった。気詰まりになって、総は自分から話しかけた。

長めの真也の髪は、すっきりと短くなっていた。ただそれだけなのに、ずいぶんと雰囲気が変わった気がする。崩れたような、どこか荒《すさ》んだ印象が消えて、穏やかになった。

「伸ばしてたわけじゃなかったんだが。ちょっと、挨拶に行かなきゃいけないところがあったんで、身なりを整えた」

「こないだ『ヴェロッサ』のビルの前を通ったけど、閉店してた」

「ああ。ミチルもマドカも辞めて、新しいバイトを探さなきゃいけなくなったんだ。バイトをやりたいって奴が何人かいたんだが。俺が二人に手を出してたおかげで、そっち目当てのバイト希望ばかり集まるようになっちまった」

「自業自得だね」

総が呆れて冷ややかな声を出すと、真也は笑った。

「同じことをミチルにも言われた。まあ、その通りだ。そういうわけで、バイトが見つからなくてな。いい加減にやってきたことのツケはここらで全部清算しようと思って、店をたたむことにしたんだ。もとからあの店は俺の道楽で、現実逃避のための場所だったからな」

「現実逃避？」

「ずっと逃げてきた。十年以上になるかな。あいつが死んでからずっと。自分では逃げてる自覚はなかったんだ。ただ、『俺なんか』って思ってた。俺みたいなのが、まともな人生送れるはずがないって」

あいつ、というのは言うまでもなく、写真に写っていた恋人のことだろう。言葉が見つからずにいると、真也は静かな声で総を呼んだ。

「お前を口説きたいって言ったけど、その前に話を聞いてくれないか。お前に、俺のことを知ってほしいんだ」

真也が自分を口説きたい、というのが信じられない。だが冗談でもなく、からかうためにこんなことをするような男ではない。

戸惑いながらも彼の真意が知りたくて、総は黙ってうなずいた。

総を乗せた車は、真也のマンションに向かった。半年ほど前に二度ほど通っただけのその部屋が、なぜかとても懐かしく感じられて、総はリビングに通された途端に胸が切なくなった。

「この部屋にお前が来るの、半年ぶりか。夏以来だよな」

ぼんやりと立つ総をソファに座らせ、真也はコーヒーを淹れてくれた。総は礼だけ言って、黙ってコーヒーを飲む。真也と二人きりで、何を話したらいいのかわからなかった。

「お前を最初にここに誘った時、人を呼ぶのは何年かぶりだった。遊び相手に住居を知られたくなかったし、この空間に自分以外の他人がいるのが息苦しかった。なのにどうしてか、お前を連れてくることには抵抗がなかった。もっと自分の近くに置きたいと思った。お前と別れるまで、はっきり意識したことはなかったんだけどな」

真也は自分のコーヒーカップを持って総の隣に座ってから、再び立ち上がってテレビの横のラックにある写真立てを持って戻った。真也の恋人の写真だ。

「お前と全然似てない」

並んで座り、総に写真を見せながらそんなことを言う。

「当たり前だろ」

この人と自分は、血縁でもなんでもない。似ていなくて当たり前だ。真也は懐かしそうにその写真を見て微笑む。

「ああ。性格だって似てなかった。こいつはおとなしくて引っ込み思案だった。お前みたいに言いたいことを言う奴じゃない」

「悪かったね」

真也が恋人と総を比べてばかりいるから、不貞腐れた気分になる。

「お前にこいつを重ねたことなんかなかった。なのに、お前といると楽しい。こいつが生きてた頃、付き合ってあちこち出かけた。その時と同じ気持ちになるんだ」

「どっちも子供っぽいってことじゃない?」

何が言いたいのかわからない。二人の接点といったら、年齢が近いことくらいだ。素っ気なく言うと、真也はおかしそうに笑ってこちらに手を伸ばした。

おそらく、頭を撫でようとしたのだろう。総の頭上でそれは止まり、思い直したように引っ込められる。それからまた、真也は写真に目を落とした。

「靖寿《やすとし》っていうんだ。二つ年下の、中学校からの後輩だった。おとなしいから、一年の時からいじめに遭ってて。トイレでリンチされてたのを、三年だった俺が助けてやったのが仲良くなったきっかけだった」

それから懐かれて、真也さん真也さん、とついてくるようになった。その当時の真也は、面倒臭い奴だなとしか思わなかったという。

「もうその頃から、俺は自分がゲイだって自覚はあったんだけどな。付き合うのは年上ばかりだったし、同級生だとか、ましてや小学校出たての後輩なんて恋愛対象じゃなかった」

真也は早熟で、中学生の頃からもう、年上の男と関係を持っていた。そんな彼は、おそらく同級生すら幼稚に見えただろう。

ただ、真也も慕ってくる後輩を無下にするほど薄情でもなく、いじめられないようにアドバイスをしたり、いじめっ子をそれとなく牽制したりしていた。

「靖寿は俺に懐いて、高校までついてきた。だけど別に、向こうはその気があったわけじゃない。単に喧嘩が強い先輩に憧れてただけだった」

中学生の時にいじめられっ子だった靖寿は、真也のアドバイスもあってか、高校になって明るくなった。友達も増えたが、それでも真也を慕っていた。

ただ靖寿はノンケで、ごく当たり前にクラスの女子を好きになり、憧れの女性アイドルを追いかけたりしていた。真也も靖寿にゲイだと告げることはなかったから、ずっと、真也が告白するまでストレートだと信じて疑わなかったようだ。

「いつからあいつを意識し始めたのか、もう覚えてない。ただ、あいつが高校に入ってきた辺りから、だんだんと特別な存在になっていったんだと思う」

ずっと変わらず、ひたむきに自分を慕う彼を、いつの間にか意識するようになった。

大学は、同じにはならなかった。けれどもやはり、靖寿は真也を慕い、真也も靖寿を特別な感情で可愛がったから、二人の交流は続いた。大学生で時間ができたぶん、今までよりも一緒に過ごす時間が増えたくらいだ。

その間も、真也の靖寿への想いは募っていった。早熟だったが、それまで遊びの関係ばかりだった真也にとって、靖寿への恋は生まれて初めての真剣なものだった。

やがて、膨らむ感情がついには抑えきれなくなり、真也はついに靖寿へ想いを告げた。拒否され、もう彼のそばにはいられなくなることを覚悟して言ったのに、靖寿は驚き戸惑いながらも、真也を受け止めてくれた。

「自分の気持ちが俺と同じかどうかはわからないけど、一緒にいたいと言ってくれた。恋人として、付き合ってみようと。嬉しかった」

幸せだった。二人は恋人として付き合い始めた。だがその幸福が不安へと変わるまで、そう長くはかからなかった。

靖寿はゲイではない。自分が男と恋愛をするなんて、真也に告白されるまで想像もしていなかったはずだ。好きになるのは女性で、性的に興奮を覚えるのも女性の身体だ。

それは真也と付き合い始めても変わらなかった。女性アイドルが好きで、街中で可愛い女の子を見ると思わず視線で追ってしまう。靖寿のアパートに遊びに行って、彼のベッドの下から女性のヌードが写ったポルノ雑誌を見つけた時、驚くことでもないのに、真也は大きなショックを覚えた。

「靖寿は、俺のことを本当の意味では愛していなかったのかもしれない。あいつが死ぬまでずっと……いや、死んだ後も、俺はあいつの気持ちが信じられなかった」

それでも真也は靖寿を愛していた。むしろ一度手に入れたことで、狂おしいほど思いは膨らんでいた。

「いつ、やっぱり無理だと言われるんだろうって、ずっと不安だった」

真也の想いとは裏腹に、靖寿は愛情深く真也に接してくれた。憧れだった先輩が、自分なんかをずっと好きでいてくれたなんて嬉しい、と言っていた。キスをすれば恥ずかしそうにしながらも応えてくれたし、それ以上のことも拒否しなかった。慣れない身体を、真也は性急に抱いた。

靖寿は何も拒まなかった。ただ優しく受け止める。だがそれがいっそう、真也を不安にさせた。

自分と同じ気持ちを返せない、それを後ろめたく思っているからこそ、靖寿は拒めないのではないのか。

そんな猜疑心《さいぎしん》に駆られ、真也はいつしか靖寿を試す行動を取るようになった。靖寿の望まない、乱暴なセックスをする。他の男に興味がある素振りをする。わざと横柄に振る舞う。

それでも靖寿は真也を受けいれた。

「何が不安なのかって、何度も聞かれた。向こうも俺の不安に気づいてたんだ。何度も話し合ったけど、俺は不安を拭うことができなかった」

二人が互いの関係に悩み、少しずつ疲弊していく中、それは起こった。

「靖寿の就活が始まった頃だ。就活で、同じ大学の女の子とあいつが仲良くなった。俺は嫉妬して、もっとぞんざいにあいつを扱うようになった」

真也が就職し、二人の時間がすれ違うようになった頃でもあった。

ある夜、真也は靖寿の些細《ささい》な行動に腹を立て、自分の部屋で彼を乱暴に抱いた。何度も何度も、靖寿がもう嫌だと言っても身体を繋げ、抱きつぶした。靖寿の身体にも、かなりの負担がかかっていたはずだ。

翌朝、真也はそのまま会社に行き、夜は友人と飲みに出かけた。わざと終電がなくなる時間まで飲んでから、靖寿に車で迎えに来いと連絡をした。

こういうことは、今までにもあった。靖寿は下戸でほとんど酒を飲まない。真也は彼を試すために、ゲイバーで飲んで彼に迎えに来させることもあった。そのために、靖寿に自分の部屋の合鍵とともに、車のスペアキーを渡していたくらいだ。

いつもなら渋々でも応じるのに、その夜に限って靖寿は嫌だと断った。前の夜、無理やり抱かれて身体が辛いのだと言う。

「俺はそれを、当てつけだと思って腹を立てた。だから言ったんだ。迎えに来ないなら、お前とは別れるって」

その時のことを思い出したのだろうか。真也は苦しそうに顔を歪めた。

「靖寿が俺との関係に疲れているのは、気づいてた。だからわざと、別れるなんて言葉を口にしたんだ」

同時に、恋人を試すのはこれで最後にしようと思った。自分でも、最愛の人を傷つける自分の言動にほとほと嫌気がさしていたのだ。

迎えに来てくれたら、もう試すことはせず恋人を大切にする。もし来なかったら、それが答えだと思ってきっぱり別れる。靖寿が嫌だと言えば、二度と会うこともしない。だが先輩と後輩に戻りたいと言ったらその通りにしよう。付き合う前と同じように、いい先輩のふりをして彼のそばにいよう。

そうして待ち続けたが、恋人はついに現れなかった。かわりに数時間後、警察から電話があった。

真也の車で、靖寿が事故を起こしたという。真也は急いで病院に駆けつけたが、すでに靖寿は亡くなっていた。

見晴らしのいい一般道で、横断歩道を渡る歩行者を避けようとして、ビルの壁に激突したのだという。歩行者と目撃者によると、車はかなりのスピードが出ていたという。

「いったい何が起こったのか、その時はわからなかった」

その後の調べで、靖寿の居眠り運転の可能性が浮上した。事故の直前、信号待ちの交差点で彼がぐったりした様子で目をつぶる姿が目撃され、青信号に気づかず後続車にクラクションを鳴らされていた。

さらに、靖寿が車を運転する少し前に、解熱剤と導眠剤を一緒に服用していたことがわかった。

解熱剤を飲んだ確かな理由はわからなかったが、真也は前の夜、自分が彼を乱暴に抱いた影響だと考えた。

導眠剤は、靖寿が心療内科医に処方してもらったものだ。就職活動を始めた辺りから、彼は大学の友達などに不眠を訴えていたらしい。

真也は恋人が心療内科に通っていたことも、導眠剤を常用していたことも知らなかった。

だがともかく、靖寿は眠るつもりで導眠剤を飲んだのだ。なのに真也が連絡をして迎えに来いと言った。靖寿が珍しくそれを拒否したのは、薬を飲んだ後だったからだ。

真也はそのことを警察に話し、靖寿の家族にも打ち明けた。薬を飲んだことを真也は知らなかったため、警察から直接の責任には問われなかったが、家族からは激しく詰られた。

車の所有者として、靖寿が激突したビルへの損害賠償はすべて真也が被ったが、家族からはいまだに墓参りも許されていない。

家族として、迎えを強要した真也が許せない気持ちはわかる。だが、誰よりも許せないのは、真也自身だった。

「俺が気持ちを試さなければ、靖寿は今も生きていたんだ」

自分も死にたかった。生きている価値はないと思っていた。死ななかったのは、起こした事故の損害賠償が終わっていなかったからだ。

親から絶縁が条件の生前贈与を受け、今までの自分の貯金と合わせて賠償金を払い終わった後、真也は会社を辞めた。

そのまま死んでしまおうと思ったが、最初に試みた縊死《いし》があまりにも苦しくて、失敗してからは死ぬのが怖くなった。

人を、それも愛した人を傷つけて殺したのに、自分は苦しむのが嫌でコソコソと生き延びている。汚く矮小《わいしょう》な自分を嫌悪し、憎んだ。

それからしばらく定職につかず、荒んだ生活を繰り返した。半ばホームレスのような日々を送ったこともある。結果として絶縁した家族に迷惑をかけそうになり、一度は夜の仕事についた。

客のアドバイスから仕事をしながら副業で商売を始め、今の事業に繋がった。金が入って生活は安定したが、靖寿を死なせたことへの喪失と罪悪感は消えなかった。

「もう、恋愛なんかしたくなかった。俺みたいな奴は、誰も好きになる資格はないと思っていた。それは今思うと、逃避だったんだけどな」

真也は自嘲する。初めて心から愛した人に与えた仕打ちと、結果を直視できず、俺なんか、と思うことで罪悪感を誤魔化そうとしていたのだ。

自分はこの先もずっと、半分心が死んだまま生きていく。性欲を処理するため、あるいは眠れない夜をやり過ごすためだけに男と関係を持った。時折、好きだから付き合って、と真剣に言われることもあった。真也の心の傷に気づいて、寄り添い真也を変えたいと言う相手もいたが、変わりたいと思わなかった。

身体だけの関係を持つのが、一番楽だった。恋愛感情なんかいらない。

「ミチルのことは、身体の関係込みの友達だと思ってた。だから、好きだって言われた時は、勝手に裏切られた気分になったな」

ミチルを傷つけ、嫌な気分を抱えていた時、総から会いたいと連絡があった。ミチルが可愛がっている甥っ子で、『ヴェロッサ』で真也と会うと、いつもちらちらと気になる様子でこちらを窺い見る、初心《うぶ》そうな子だ。

呼び出されて総と会い、もじもじする総に、告白するつもりなのだと勝手に思いこんで苛立った。わざと嫌な言葉を投げかけ、遊びでいいなら付き合おうかと挑発めいたことを言った。

馬鹿にするなと言われるかと思ったが、総は予想に反して付き合いたいと応え、二人の関係は始まった。

「お前と付き合い始めた当初は、適当に気持ちと身体を慣らして、相手が望むように優しく抱いてやって、それで終わりだと思ってた。なのに……きっかけはなんだったのかな。自分でもよくわからない」

ただ会うたびに想定外の反応を見せる総に、次第に興味が湧き始めた。

子供っぽいかと思えば、考えはしっかりとしていて、熱いようで冷めている。けれど冷めていると思ったのに、純粋で一途な面もあって、ころころと変わる印象に次第に目が離せなくなった。

総といると楽しい。気まぐれに始めた関係だったのに、ある時、総との時間を無心に楽しんでいる自分に気がついた。

「靖寿とは全然違うのに、あいつと一緒に遊んでいた時みたいな、楽しい気持ちになった」

どうしてなのか、自分でもわからない。年齢より子供っぽくて、恋愛経験も乏しく、どうにでも真也の思う通りになりそうなのに、一度として想定通りにならない。振り回された気持ちにさせられて、むきになったのだろうか。

分析しても、よくわからない。とにかく総といると、心の中の息苦しいものが溶けていった。セクシャルな行為を仕掛け、総の反応を見るのも楽しかった。

気がつけば、それまで他人を入れることがなかった自宅へ総を引き入れていたのだ。自分のこの感情に、薄々気づいてはいたけれど、真也は気づかないふりをした。はっきり総を好きで、本気になっていると認めるのが怖かったのだ。

「お前を抱いたら関係は終わる。最初からそういう約束だった。抱きたくてたまらないのに、終わるのが嫌で先に進められない。葛藤していた矢先に、ミチルから連絡が来たんだ」

総は真也を好きで近づいたわけではない。復讐しようとしていたのだと聞かされた。

かつての自分なら、ああそうか、と達観して事態を受け止めただろう。人の恨みを買っている自覚はある。復讐の一つや二つ、仕方がないと思っていた。

「なのに、自分でも驚くほど怒りがこみ上げてきた。お前が俺を好きじゃなかったっていうのが、とてつもなく許せなかったんだ」

制御しきれないほどの感情が溢れ、そんな自分に戸惑った。

「なのに、お前に好きだと言われて喜んでた。それまでの怒りなんて忘れるくらいに」

もはや自分の感情に、気づかないふりをすることはできなかった。

総を本気で好きになっていた。だがそれを認めた時にはもう、二人の関係は終わっていた。総を抱いた翌朝、きっぱりと終わらせて去っていく総の背中を見送って、真也はどうしようもない喪失感を覚えたのだ。

「お前が最後に言った、ずっとこのままなのかって言葉が耳について離れなかった」

この先も、自分の気持ちを誤魔化して生きていくのか。欲しいものも欲しくないふりをして、目の前から消えた途端に後悔する。

真也が誰かに愛情を向けることを我慢しても、誰のためにもならない。真也自身も、愛情を向けた相手も。ましてや亡くなった靖寿が浮かばれるわけでもない。そんな虚《むな》しい、なんにもならない人生をずっとこの先も続けていくのか。

「過去にとらわれ続けてる自分に、うんざりした。靖寿にしたことを後悔してるって言いながら、実際はただ、逃げてただけなんだ」

靖寿を失ったことの喪失感と、自分がしでかしたことの結果から。

「もうやめたい、変わりたいと思った。過去に自分がやったバカにケリをつけて、それでもまだお前への気持ちが変わらなかったら、もう一度、会いに行こうと思った」

髪を切り身なりを整えて、靖寿の家族に連絡を取った。断られるのを覚悟で、線香を上げさせてほしいと頼んだ。

十年近い歳月が流れたからだろうか。最後に会った時には、ただ憎しみをぶつけるだけだった靖寿の両親は、穏やかに真也を家に招き、真也が位牌《いはい》に手を合わせるのを許してくれた。

「俺が過去にしたことは、なかったことにはできないし、靖寿への罪悪感が消えることもない。けどもう、逃げて自分に嘘はつきたくない。そう思わせたのは……俺を変えたのは、お前なんだ」

真也が切々と訴えるのに、総は呑まれたようになり、言葉が出なかった。そんな総に、切れ長の目が不安げに揺れる。

「俺はお前に惚れてる。もう一度、やり直させてくれないか。今度は遊びじゃなく、本気でお前と付き合いたいんだ」

総は信じられない気持ちで、その美貌を見つめ返した。そんなことが、あるのだろうか。忘れたくても、真也のことがずっと忘れられなかった。彼のことを、何度夢に見ただろう。

「俺、浮気されるのは嫌だ」

不安と驚きと喜びが混じり合い、混乱する中でようやく出てきたのは、そんな言葉だった。真也は悲しそうに眉をひそめて微笑む。

「しねぇよ。浮気なんかしない。遊びでも身体だけの関係でもない。お前だけを愛してる」

自分の顔がくしゃっと歪むのがわかった。ぽろぽろと涙をこぼす総を、真也は引き寄せて抱きしめる。

「頼む。俺と付き合ってほしい。絶対に大事にするから」

祈るような声は少し震えていて、総は思わず真也の胸に縋りついた。

「俺でいいの？　本当に、俺だけを見てくれる？」

「もう、お前しか見えてないよ。この先もずっと、お前だけだ。それをこれから証明する。だからどうか、俺と一緒にいてくれ」

夢じゃない。これは、現実だ。総は小さくうなずいた。

「俺、ずっと真也さんのこと、忘れられなかった……っ」

言葉にした途端、抱きしめる腕が苦しいくらい強くなった。

「総」

顔を上げると唇が降りてきて、貪《むさぼ》るように繰り返しキスをされる。

「総。ありがとう」

泣き出す手前のような声がした。それから二人は長い間、言葉もなくただ、抱きしめ合っていた。


長い抱擁の後、どちらからともなく浴室へ向かった。服を脱ぐ間もシャワーを浴びる間も、絶え間なくキスをし合い、抱きしめ合う。裸で抱き合うことの恥ずかしさより、真也に強く抱きしめられる喜びの方が大きかった。

「ん……っ」

背中を撫でていた真也の手が、やがて総の尻へ下りてくる。尾てい骨から後ろの窄まりへと指が滑るのに、総はくすぐったくてふるっと身を震わせた。

「後ろ向いて」

言われるまま背を向け、壁に手をつく。シャワーのお湯と一緒に真也の指が潜り込んできた。

「……っ」

「きついな。この半年、誰ともやってないのか」

這い上る刺激に言葉が出ない。黙ってこくこくとうなずいた。真也はそんな反応を楽しむように、ぬくぬくと指を出し入れする。

「ミチルから、あいつの紹介で男と付き合ってたって聞かされた」

「食事しただけ。……あ、あっ」

「本当に？」

後ろの指が増やされ、なおも聞かれる。けれどもその声はどこか面白がるような、嬉しそうなものだった。

「真也さんこそ。どうせ、俺以外とヤリまくってたんだろ」

不貞腐れたように言うと、背後で楽しそうな笑い声が聞こえた。

「やってないよ。そんな気になれなかった。お前を抱いた時のことばっかり考えてた」

「嘘だ」

「本当。ついでに言うと、お前と遊びで付き合うって言ってから、お前以外とやってない」

予想外の言葉が返ってきて、総は思わず後ろを振り向いていた。

「それは、さすがに嘘だよね」

とても信じられない。だが猜疑の目を向けると、真也は心外そうな顔をして軽く肩をすくめた。

「本当だ。だからマドカも焦《じ》れて、ここまで突撃してきたんだよ。お前と付き合い始めてから、そういう気分にならなかった」

なんでだろうな、と独り言のように真也は呟く。

「次にお前と会う時は何をしようか、考えるのが楽しかったんだ。そうしたら、他の相手と、セックスするためだけに会うのが虚しくなった。その時にはもう、お前に惹かれてたんだろうな」

その言葉を聞いた途端、制御しきれない激しい感情がこみ上げ、涙が溢れた。真也がそれを見て、慌てた顔をする。

「泣くなよ」

あやすように腕や背中を撫でられ、キスをされた。ぴったりと重なり合った互いの身体が、じんわりと熱くなっている。

太腿に真也の昂《たか》ぶりが触れる。総も硬くなったものを真也に擦りつけた。甘えるように、逞《たくま》しい胸へ鼻先を埋めると、息を詰める音が聞こえた。

「ベッドに行こうか」

切羽詰まった、それでも優しい声音が言い、二人は寝室へと移動した。寝室は相変わらず殺風景だったが、広い空間を見て不思議と懐かしさがこみ上げた。

別れる間際、最初で最後だと思いながらここで抱かれたことを思い出す。抱いてもらえて嬉しかったけれど、辛く悲しくもあった。

真也は総をベッドの上に這わせると、ローションを使ってゆっくりと後ろをほぐし始めた。大事な準備とはいえ、好きな人の前ですべてを晒《さら》すのは、まだまだ慣れない。恥ずかしさに腰を揺らすと、真也が背後で低く笑い、空いた手で前を弄り始めた。

とっくに硬くなっているそこを、やんわりと射精しない程度に愛撫する。後ろの刺激とあいまって、ぞくぞくするような快感が身体中を駆け巡った。

「んっ……あ、や……それっ」

「出してもいいぜ。一回じゃ終わらせないから」

「や、あ……だめ……」

快楽に理性を飛ばしかけて、既のところで踏みとどまる。また自分ばかり気持ちよくなるのは嫌だ。

総は身を捩ると、「真也さん」と懇願するように相手を振り返った。

「俺ばっかりやだ。俺もする」

遊び慣れた真也に比べたら、拙《つたな》いしあまり気持ち良くないかもしれないが、総だって真也に何かしたいのだ。

訴えると、真也は目を細めてこちらを見つめた。

「じゃあ、一緒にするか」

やがて柔らかい微笑みを浮かべて、真也はベッドヘッドを背に座った。総を後ろ向きに跨《また》がせ、目の前に総の尻が見えるようにした。総の目の前には、真也の黒く猛《たけ》ったペニスがある。

「……あ、あの、これ」

ひどく恥ずかしい体勢だった。顔を真っ赤にして振り向くと、真也はにやりと楽しそうに笑っている。

「気持ち良くしてくれるんだろ？」

「う……」

確かに言い出したのは自分だ。相手に秘所を晒すことに、激しい羞恥を感じながらも、総は目の前にある赤黒いペニスを口に含んだ。

先端を含んだ途端、真也の腹筋が小さく震える。舌先に先走りの苦味を感じて、彼もまた総と同じく興奮しきっているのだと嬉しくなった。

以前、真也にされたことを思い出し、懸命にしゃぶる。真也のそれは相変わらず大きく、口の中にはとうてい納まらない。それでも懸命に舌を這わせ、陰茎を手で扱きながら亀頭を強く吸うと、真也は息を詰めた。

「総、ちょっと待った」

堪えるような声を上げ、真也は総への愛撫を止めた。だが総は構わず口淫を続ける。

「やばいって」

真也の身体がわずかに震える。その拍子に、歯が軽くカリ首に当たった。

「……っ」

総の身体の下で、真也がびくりと痙攣《けいれん》し、低く呻くのが聞こえた。同時に、口に含んだペニスから、どっと精液が溢れてくる。

「んっ、……ぅう」

独特の青臭さと量の多さにえずきそうになりながらも、総は必死でそれを飲み下した。

「馬鹿だな。飲んだのか」

こくん、と嚥下《えんか》するのに気づいて、真也が慌てて総を膝の上に抱き起こす。

「苦い」

思わず感想を漏らすと、真也は笑って抱きしめてくれた。

「ありがとう」

精液を飲んだばかりの唇に、愛おしげなキスをする。その表情が嬉しそうで、幸せそうで、総はちょっと照れ臭かった。

「入れていいか？」

ちょうど総の尻の下に敷かれた真也のペニスは、まだ硬いままだ。ぐっと腰を上げて熱い塊を尻に押しつける。

「……入れて」

ぽそりと告げると、真也は総の唇を軽く吸い、体勢を入れ替えて総を組み敷いた。腰を抱えながら、恋人になった総の顔を改めて見つめる。

「お前を抱いた時のことが、忘れられなかった。もう一度、お前を抱きたいって思ったんだ。ようやく叶った」

それは総も同じだった。何度も夢に見た真也が、目の前にいる。

「一度だけ？」

ふと不安になって口にすると、真也は笑った。唇や頬、身体のあちこちにキスをしながら、ゆっくりと総の中に入ってくる。大きく硬いものが身体を押し広げる感覚に、総は怖くなって真也に縋った。

「一度じゃとても足りない。もっともっと、これからもずっと、お前を抱いていたい」

優しい唇が、総の震える頬にキスをする。

「大丈夫か」

「……ん……んっ」

ぐっと根元まで突き立てられた時、身体の奥にビリッと電流が走ったような快感を覚えた。肉襞がうねり、真也のペニスを締めつける。

「痛くない？」

すぐには動かず、キスをしながら真也が尋ねた。

「平気。でも、なんか……」

最初に抱かれた時とは違う。真也のものでいっぱいになる感覚は変わらないが、圧迫感はほとんどなく、内側が肉茎で擦られることを期待してうずうずしていた。

「気持ちいい、かも」

まだ二度目なのに、もう男に抱かれることに慣れてしまったようで、恥ずかしい。目を逸らして小さく呟くと、真也は「それはよかった」と笑った。

「俺も気持ちいい。中が吸いついてくるみたいだ」

総の身体が弛緩《しかん》するのを待って、真也がゆっくりと腰を進める。浅い部分を突かれると、陰茎の根元から何かがせり上がってきて、総は思わず真也に縋った。

「あ、待っ……」

「ん？　ここ？」

気づいた真也が、何度も浅い部分を突いてくる。

「や、あっ、あっ」

喉《の》を仰け反らせると、その首筋を吸いながら激しく腰を打ちつけた。同時に総のペニスを握り、扱き上げる。

「ん……あっ、だめ」

「イキそう？」

尋ねる真也の表情も、すでに余裕がなかった。喘ぎながらうなずくと、真也は無言で腰を振った。尻と性器を同時に責められ、目の前が白むような快感が駆け巡る。

「あっ、あ……っ」

嬌声《きょうせい》を上げながら、次の瞬間に総は勢いよく射精していた。絶頂というのは、こういうことをいうのだと、痺れる思考の中でぼんやりと思う。信じられないくらい気持ちが良か

った。だがそんな快感の中で、真也はなおもピストンを続ける。

「ん……あ、待って……んぅっ」

達したばかりで敏感になっているのか、内壁を擦り上げられた途端、また激しい射精感がこみ上げてきて、焦った。

「待って。な、なんか、またイッちゃう」

自分の身体はどうなっているのだろう。戸惑う総に、真也は艶めいた美貌を和ませ、総の頬を撫でた。

「お前見てたら、俺もイキそう」

言って、快感を求めるように奥へとペニスを突き立てる。

「や、あ……んっ」

強い刺激に、総は射精を伴わない絶頂を迎えた。内壁が収縮し、男を食い締める。真也が低く呻くと、総の中でビクビクと性器が震え、射精した。

「は……二度目なのに、すげえ出た」

苦笑しながら、ペニスをずるりと引き抜く。その拍子に、中に放たれたものがどろりと外へこぼれて総の足を濡らした。

目が合って、どちらからともなく抱き合い、キスを交わす。

「風呂、行くか」

真也も自分も、汗に濡れて身体が冷たい。

「ごめんな。中に出したやつ、ちゃんと綺麗にしないと」

労《いた》わるように総の素肌を撫でたが、敏感になっている総の身体は、それだけでまた快感に粟立《あわだ》った。

「んっ」

びくりと身を震わせてから、恥ずかしさに真也の胸へ顔を埋める。真也がクスクス笑うのが聞こえた。

「まっさらなのに、感じやすいんだな。お前のこの身体に、これから色々なことを覚えさせるのかと思うと、今からゾクゾクするよ」

これで終わりではない。これから何度も、自分は真也に抱かれるのだ。改めてそのことを思い、胸が熱くなった。

七

金曜日の夜。店のドアが開いて、また男が一人、入ってくる。

「いらっしゃいませ。あ、フジさん。こんばんは」

カウンターでレモンを輪切りにしていた総は、顔を上げて声をかけた。常連客のフジもこちらを見るなり「あら」と嬉しそうに表情を綻《ほころ》ばせる。ただし、彼が嬉しそうにするのは、総が店にいるからではない。

「あらやだ。今日はラッキーね。総君、上がりは何時?」

これも別に、総の仕事終わりを待って、ナンパしようというわけではない。総はわざと澄ました表情を作って、

「内緒です」

と、素っ気なく言った。

「やあね、総君たら。すっかり可愛げがなくなっちゃって。前の店では男に声をかけられただけで、真っ赤になってたのに」

「なってません」

思わずむきになって言い返すと、カウンターの隣で氷を砕いていたバーテンダーが、プッと笑ったので恥ずかしくなった。

「いいわよ、オーナーが来るまで粘るから。どうせ総君がいるんだから、そんなに遅い時間じゃないでしょ」

バーテンダーに「いつものお願いします」と注文する。フジはこの、五十がらみのバーテンダーをひそかに狙《ねら》っていて、それからは総などそっちのけで、あれこれ話しかけていた。

半年ほど前、一度は閉店した『ヴェロッサ』が、元の店があった場所から少し離れたビルの地下に、新装オープンした。常連客から復活してくれと熱い要望があったのだ。

真也は、自分の道楽でいい加減にやっていた店だから、とためらっていたらしい。だがあの緩い雰囲気が、客たちの癒《いや》しになっていたのだと聞かされて、再開を決意した。

再開にあたって、もう少しきちんとした形態にしようという話になった。今までは営業時間も適当で、従業員も最低限しか置かず、バイトも真也もシフトに入れない時は休業していた。客が来ても前触れなく休みだったことがあって、今後はそういうことがなくなるように、きっちりと営業時間やそこで働く従業員の数を決めることから始めた。

真也はにわかバーテンダーを辞め、オーナーに徹することにした。これについては今も惜しむ声があるが、真也が店に定期的に顔を出すことで治まっている。

以前の店よりもわかりやすい、大通り沿いのビルの地下に移転し、少しだけ広くなった。今はカウンター席の他に、二人掛けのソファテーブルの席が二つある。

総はオープンからほどなく、この新生『ヴェロッサ』で週に数回だけ、アルバイトに入るようになった。

三年生になって、就職活動のために昼のバイトを控えるようになった。収入が減るので、夜に入れる仕事を探そうと思った矢先、『ヴェロッサ』のアルバイトが一人、就職が決まって辞めてしまい、人手が足らなくなったと聞いた。募集をかけるというので、一番に名乗りを上げてみたのである。

土日を含む週の三日ほど。曜日は決まっていない。時間はだいたい開店時間の七時から、終わりが深夜零時を過ぎることはあまりない。主に他のアルバイトが出勤するまでの穴埋めや、休憩時の交替要員としてシフトに入っている。

最初に総がバイトをしたいと言った時、真也は渋った。行儀はいいが、『ヴェロッサ』は結局のところゲイバーだ。それなりに出会いを期待してくる客もいて、店の従業員が冗談交じり、本気半分で口説かれる場面も少なくない。総には真也がいるから、よそ見をすることはないけれど、恋人としてはいい気分ではないだろう。

恋人の店で働くのも、けじめがないかもしれない。総も思い直して、別の場所で夜のバイトを探すことにした。

以前からバーで働くことに憧れていたので、バイトの情報サイトでいくつか条件の合いそうな店をピックアップした。真也に相談したところ、どうせバーで働くならうちにしておけ、と一転して『ヴェロッサ』に入ることになったのである。

真也曰く、たとえゲイバーでなくても酒場は誘惑が多いらしい。

「夜に働くなら、目の届く場所で働いてくれ」

総にとっては願ってもないことだ。覚えることはたくさんあるが、バーテンダーや他の従業員はいい人たちだし、小さな店で常連客とも気心が知れている。アルバイトそのものは楽しい。

ただ一つ、困ったことがある。それは総のシフトのたびに、保護者よろしく真也が迎えに来ることだ。

オーナーとして顔を出す、という名目だが、来るのは必ず総のシフトの日で、おまけに総が終わるのを待って一緒に帰ってしまうので、店の常連にもすっかり二人の関係は知られてしまっている。

一度、もう未成年ではないのに過保護だ、と抗議をしたことがある。

「当たり前だろ。年は関係ねえよ。こんなに可愛い恋人を、夜の酒場に放り出せるか。いいか、お前は可愛い。おまけに俺を骨抜きにするくらい、いい男だ。自覚しろ」

そんなことをぶっきらぼうな口調で言われて、総はそれきり何も言い返せなかった。

「そういえば、フジさん。今日はミチルも遊びに来ますよ」

バーテンダーが他の客に話しかけられ、フジが手持ち無沙汰《ぶさた》になった頃合いで、声をかけた。

「あら、本当？　会うの久しぶりだわ。元気？」

「はい。今日は彼氏を連れてくるそうです」

実際は平良が無理やりついてくるらしいのだが、無難な言い方にしておく。だが彼氏という言葉を聞いた途端、フジは大げさに「やだ」と身を仰け反らせた。

「みんなしてリア充ぶりを見せつけるのね」

「いや、見せつけるわけでは……」

困りながらも笑ったところで、店のドアが再び開いた。噂をすればミチルだ。後ろに平良もくっついている。

「やだ、フジちゃんじゃない。あんたも来てたの？」

こんばんは、と行儀よく入ってきたミチルは、フジの顔を見て笑顔になった。フジも久しぶり、と両手を広げ、二人でハグをする。平良が後ろで顔を引き攣らせていた。相変わらず嫉妬深い。

フジとミチルはそのまま女子トークを続けながら、カウンターに隣り合わせに座り、平良は仕方なく、ミチルの反対隣に座った。客は他に、テーブルにいるカップルらしいサラリーマンの二人客と、バーテンダーの知り合いだという、初老の顔馴染みが一人。あと一時間もすれば、さらに人が来るだろう。以前より広いといってもさほど大きな店ではないので、すぐに席は埋まってしまう。『ヴェロッサ』は毎晩のように盛況だ。

以前の適度な緩さを残しつつ、サービスは向上していて、この店は居心地がいい。

「まあ、いい店だな」

ビールを注文した平良がミチルに言ったが、ミチルはフジとのおしゃべりに夢中で聞いていなかった。なんとなく申し訳ない気分になって、総はビールを出しながら「ありがとうございます」と、頭を下げた。

「内装なんかも、オーナーの趣味？　カッコいいね」

平良は「お前に言ったんじゃねえよ」という目をしながら、表面上はにこやかに言葉を返す。それから言葉とは裏腹に、値踏みするように店内を見回していた。

それを見て総は、彼がミチルについてきた理由をなんとなく察した。彼は、過去にミチルが、真也と関係していたことを知っているのだろう。

昨日ミチルから、今夜店に行く、悪いけど平良もついてきちゃうかも、と言われた時に、なんとなく予感はしていたが、嫉妬深い彼は、ミチルの昔の男も気になって仕方がないようだ。

「DVとか、しませんよね」

その執着ぶりが心配になって、総は平良にだけ聞こえるようにぼそりと口にした。平良がぎょっと目をむく。

「お、俺が?」

その驚きぶりから、暴力という発想そのものがないのだろうなと思ったが、釘を刺すためにジロリと睨んでやった。

「ミチルのこと、大事にしてくれるなら何も言いませんけど。傷つけたら絶対許さない。DVとかモラハラの気配があったら、すぐに別れさせるから」

平良はこちらをまじまじと見ていたが、やがて目を伏せ、深くため息をついた。

「しないよ。絶対にしないって誓う。だから叔父さんとの交際を許してくれ」

「あら、なんの話。叔父さんを僕にください?」

フジが話の端を聞きつけて、口元を押さえて大げさに驚いて見せた。ミチルの頬がぱっと赤くなる。相変わらず、ミチルは綺麗でキラキラしている。この分なら心配はいらないだろうと、総は叔父の様子に安堵した。

フジはしばらくミチルをからかっていたが、バーテンダーが戻ってきたので、また彼と会話を始めた。

「先週だっけ。お墓参り」

甘めのカクテルを黙って飲んでいたミチルが、やがて口にした。総がうなずく。

「二人で行ってきた」

先週の週末、靖寿の墓参りに行った。真也は一人で行くつもりだったようだが、総が連れて行ってくれと頼んだのだ。

理由は自分でもよくわからない。ただ、真也をもらいますと報告がしたかった。そうしないと、靖寿に対して不義理なような気がした。

「大丈夫？」

ミチルの目がじっとこちらを見る。かつての恋人、ずっと真也がとらわれ続けていた人に会いに行ったのだ。それで総を心配して、様子を見にきたらしい。

「大丈夫だよ。挨拶してきた」

やっぱり過保護だなあ、と思いながら叔父を安心させるように微笑んだ。

ミチルはそれ以上は何も言わず、平良やフジと喋りながら酒を楽しんでいた。そうしているうちにぽつぽつと客が増え、ほぼ満席となった。

時間は午後十一時前。客が一組帰り、それからほどなくして店に真也が現れた。顔馴染みの客に挨拶をしながら、空いているフジの隣に座る。フジは喜んでいた。

「よお、久しぶりだな」

バーテンダーにお勧めのカクテルを注文した後、真也はミチルに気安い挨拶を寄越した。ミチルが今日、店に来ることは、真也にも伝えてある。

「そうね。元気だった？」

ミチルもにこやかに挨拶を返した。

「最近は性生活も食生活も潤っててな。前より健康なくらいだ」

「あら、よかったわね。このエロオヤジ」

総はなんでもない顔をするのが精いっぱいだった。平良はどんな顔をしているのかと横目で見ると、意外にもあからさまな敵意は隠していた。ただ、昏《くら》い目でじっとミチルと真也のやり取りを見ているので、ちょっと怖い。

真也はカクテルを一杯飲むと、じゃあと周りに挨拶をして店のバックヤードに入ってい

った。時計を見ると、そろそろバイトが終わりの時間だ。真也がいなくなるのと同時に、フジが終電を気にして慌ただしく帰っていく。

「あたしたちはまだ飲んでく。総は？　あっちに泊まるの」

ミチルをちらりと見ると、彼はまだ酒の入ったグラスを掲げて言った。あっち、というのは真也の家のことだ。総は軽くうなずく。

総のバイトがある日は、真也がほとんど必ずやってきて、こうしてバックヤードで落ち合って一緒に真也の家に帰る。翌日に大学の授業がある日は、教科書を持ってバイトに向かった。もはや半同棲《どうせい》のような状態だ。母の光は、「食事さえ作り置きしてくれたら、別に何泊してもいいわよ」と外泊については気にしていない。三年になって授業のコマ数は減ったので、実家との往復も苦ではなかった。

恋人ができたことを、光には報告している。

「すごいイケメンなんだって？　今度連れてらっしゃいよ」

ミチルから真也の様相を聞いた光が食いついてきたので、近いうちに真也を母に会わせなくてはならなくなった。真也は「理解があって、ありがたい話じゃないか」と、むしろ喜んでいるけれど、光が真也に何を言い出すのか心配だ。

時間になり、バーテンダーや周りの客、ミチルたちに挨拶をしてバックヤードに引っ込小さな空間だ。パソコンと事務用の小さなデスク、それに従業員がかろうじて着替えられるだけのんだ。

真也はデスクでパソコンの売上表を見ていて、総が入ってくると軽く手を振った。

「お疲れ」

「お疲れ様です」

言うと真也は苦笑した。ここではまだ、オーナーと従業員なので、総は敬語を使っている。だがそれが、真也にとってはいつまで経ってもこそばゆいらしく、こんな顔をする。

「ミチルの彼氏は、なんていうか怖いな」

「すごく嫉妬深いみたいです。俺にも威嚇してくるし。ミチルのことが大好きみたいで」

「みたいだな。――先に出てる」

総が備品のストックをチェックし終え、帰り支度をする頃合いを見て、真也もパソコンの電源を切って立ち上がった。

「……すぐ行くから」

ぺこっとお辞儀を返すと、真也はひらひらと手を振ってバックヤードを出て行った。毎回、連れだって店を出るのは恥ずかしい、と総が言ったので、ほんの少しだが真也は帰るタイミングをずらしてくれる。それでもみんなにはバレバレなのだが、帰り際に客から冷やかされることは少なくなった。

バックヤードを出てミチルたちにもう一度、挨拶をして外に出る。ビルの脇《わき》に真也が立っていた。

お疲れさん、と声をかけられ、心がふわっと浮き立つのを感じた。思わず笑みがこぼれる。駆け寄ると、真也は目を細めてくしゃりと総の頭を撫でた。

「それじゃあ行きますか。デートに」

言いながら、駅とは反対の方角へ歩き出した。真也はいつもより楽しそうだ。総はというと、ちょっとドキドキしている。

「こういうの、デートって言わないと思うけど」

「言うよ。ラブホデート。外でやるの、久しぶりだな」

大きな声で言わないでよ、と睨むと、真也は口を開けて笑った。

ラブホテルに行ったのは、最初に真也に誘われた時が初めてだったと何かの拍子に言ったら、じゃあ今度、行ってみるか、という話になったのだ。

真也の家で会う他に、真也は以前のように、総をあちこちに連れて行ってくれる。これからも、色々な思い出が増えるだろう。喧嘩をするかもしれないし、嫌なこともあるかもしれない。けれど、これからもずっと真也と一緒にいたい。

「総、こっち」

　隣を歩いていた真也が不意に言って、腕を引っ張った。おかしいと思う間もなく、ビルの暗い物陰に連れ込まれる。抱きしめられ、キスをされた。

「ん、ん……っ」

　腰を擦りつけられ、深く口腔を嬲られて、総の身体も意識も、あっという間に蕩けてしまう。身体の力が抜けるのと同時に、真也はキスをやめた。

「もう。こんなところで」

　誰かに見られるかもしれないのに。総は相手を睨んだが、ろくに力が入らない。

「悪いな。我慢できなかった」

　さらりと言って、真也は総の腰を抱き、再び歩き出す。さっきまで、慣れない場所に行くことに少し緊張していたけれど、今は別の意味でドキドキしていた。

「なんて言って。真也さんは余裕だよな」

　鼻歌混じりに隣を歩く真也は、ドキドキしたりしないのだろう。恨めしく思って言うと、彼はこちらを見て、柔らかな微笑みを浮かべた。

「それは、どうかな」

　不意に唇が降りてくる。掠めるように軽い、けれど甘いキスだった。

あとがき

こんにちは、はじめまして。小中大豆《こなかだいず》と申します。プラチナ文庫さんでは、これが初めての本になります。

タイトルが決まる前は、「箱入り息子《バージン》と面倒くさい男」という仮題がついておりまして、攻の真也《しんや》が悪い奴というか面倒な男になっています。

この真也は、「十代の時にカッコいいなと思っていた、年上の男性像」（大人になって振り返るとそんなにカッコよくない）というものをほんわりイメージして書きました。自分が十代だった頃の大人のイメージが投影されたのか、真也の行動がそこはかとなくオッサン臭いというか、何やらトレンディなキャラになってしまった気がします。

受の総《そう》はこれから成長して行き、そんな面倒くさくオッサン臭い真也を包み込んでくれる、大きな受に育つのではないでしょうか。

総の進路について、公務員志望だけど出版社の仕事にも興味があったというくだりがあるのですが、担当さんが「出版社……私だったら猛反対すると思いますが」と言っていたのに笑ってしまいました。若者の夢が……（笑）。

今回、担当様とイラストの猫《ねこ》の助《すけ》先生には、本当にご迷惑をおかけしました。

ご負担の多い中、こちらの要望などを細かく入れてくださり、爽やかで雰囲気のある世界を描いてくださった猫の助先生に、感謝を申し上げます。

お話はややシリアスな展開で、ちょっと重苦しいところもあり、読んだ人が面白いと思えるのだろうか……と、書いていても悩みが尽きなかったのですが、少しでも何か心に残るものがあれば幸いです。

最後まで読んでいただき、ありがとうございました。これからもまた、どこかでお会いできますように。

小中大豆

箱入り息子《バージン》は悪《わる》い男《おとこ》を誑《たぶら》かす

プラチナ文庫をお買いあげいただき、ありがとうございます。
この作品を読んでのご意見・ご感想をお待ちしております。

★ファンレターの宛先★

〒102-0072　東京都千代田区飯田橋3-3-1
プランタン出版　プラチナ文庫編集部気付
小中大豆先生係 / 猫の助先生係

各作品のご感想をWEBサイトにて募集しております。
プランタン出版WEBサイト http://www.printemps.jp

著者――小中大豆(こなか だいず)
挿絵――猫の助(ねこのすけ)
発行――プランタン出版
発売――フランス書院
〒102-0072　東京都千代田区飯田橋3-3-1
電話(営業)03-5226-5744
　　(編集)03-5226-5742
印刷――誠宏印刷
製本――若林製本工場

ISBN978-4-8296-2629-0 C0193

プラチナ文庫
Platinum Label

P2621

●好評発売中！●